アーサーとミニモイの不思議な国（上）

リュック・ベッソン
松本百合子＝訳

角川文庫 14776

arthur et les minimoys
by Luc Besson

Based on an original idea by Celine Garcia

Jacket illustration by Patrice Garcia
Translated by Yuriko Matsumoto
Published in Japan by
Kadokawa Shoten Publishing Co., Ltd.

日本の読者のみなさまへ

アーサーはどこにでもいる普通《ふつう》の少年だ。きみのような、そしてぼくのような。両親から授《さず》かった、まだ始まったばかりの彼の人生は、すでに将来に向けてレールが敷《し》かれているようにも思える。しかし、十歳というのは限界の見えない、あるいは終わりを望まない年齢《ねんれい》だ。

どうして木は泣かないのかな？

雪は空から舞《ま》い降りながら、どんな音楽を聴《き》いているんだろう？

海が引き潮になる時、誰《だれ》が向こう側で引っ張っているの？

答えがきっとあると信じて、十歳の子供たちはいつもこうした疑問について考えている。

論理というのは、まだ詩のようなもので、不確実なこと、不可能なことも夢と交じりあって現実のように頭の中を駆《か》けめぐる。

ぼくがもう一度浸《ひた》ってみたかったのは、まさにこうした世界だ。世の中が大きいとか小さいとかはまったく問題ではなく、自分のいる現在の瞬間《しゅんかん》を中心に、どこまでも果てしなく続いていく世界。

愛、友情、そして真実だけが道しるべとなっている世界。

ぼくにとって、たまらなく懐《なつ》かしい世界だ。

リュック・ベッソン

主な登場人物

アーサー……………………冒険心と勇気あふれる十歳の少年
マダム・スショ……………アーサーの祖母。通称マミー
アーチボルト………………アーサーの祖父。四年前から行方不明
アルフレッド………………アーサーの飼い犬
マルタン……………………巡査
ダヴィド……………………〈ダヴィド・コーポレーション　食品店〉のオーナー
セレニア……………………ミニモイ族の王女
ベタメッシュ………………ミニモイ族の王子
シフラ・ド・マトラドイ…ミニモイ王国の王、セレニアとベタメッシュの父親
ボゴ・マタサライ族………アーサーの祖父が親しくしていたアフリカの部族
ミロ…………………………ミニモイ族の王の家臣。小さなモグラ
セイド………………………マルタザールの強力な部隊
マックス……………………クーロマッサイ族のディスコの店主
イージーロー………………ディスコのＤＪ
ダルコス……………………闇の王国ネクロポリスの王子
マルタザール………………闇の王国ネクロポリスを支配する悪魔。通称Ｍ

1

その日、田舎《いなか》の風景はいつもと何ひとつ変わったところはなかった。波打つようにうねりながら広がる緑に、太陽の日差しがさんさんと降り注ぎ、点々と浮《う》かぶ真綿のような雲は、地上に住む人々を太陽から守るように、真っ青な空にやさしく漂《ただよ》っていた。

長い夏休みのいつもの朝と同じように、木々も丘《おか》もすべてがのどかで、鳥たちのさえずりさえバカンスをのんびりと楽しんでいるように聞こえる。

穏《おだ》やかで美しい、この田舎の景色のどこを見渡《みわた》しても、これから始まろうとしている恐《おそ》ろしい冒険《ぼうけん》を予感させるものはまったく見あたらない。

丘の中腹を流れる小川に沿って、ちいさな庭のある、ちょっと変わったつくりの家がある。いかにも田舎風の、コロニアルスタイルを連想させる家で、木造の家を囲むようにして細長いバルコニーがついている。家の横には作業場として使われているガレージがあり、木製のおおきな貯水槽《ちょすいそう》が立てかけてある。

さらに少し離れたところにある古い風車は、まるで海を行き交《か》う船を灯台が見張るように庭を見守りながら、そこに住む人々に喜んでもらうために回っているようだ。ここでは、風さえやさしくそよいでいる。

ところが今日は、そんな風も、この平和な家を覆《おお》い尽《つ》くすことになる恐怖《きょうふ》の風に変わっていく……。

家の扉《とびら》がまるで爆発《ばくはつ》でもしそうな勢いで開くと、玄関《げんかん》前の階段がふさがってしまうのではないかと思うほど丸々とした婦人が出てきて、歯が折れてしまいそうなおおきな声で叫《さけ》んでいる。

「アーサー!!」

アーサーの祖母のマミーは六十歳を超《こ》している。体の丸みを隠《かく》す役目を果たすはずの、レースに縁取《ふちど》られた黒い素敵《すてき》な服を着ていても、やはりぽっちゃりとしている。

マミーは手袋《てぶくろ》をはめ、帽子《ぼうし》を被《かぶ》りなおし、玄関の扉についている呼《よ》び鈴《りん》を鳴らしながら、もう一度、叫んだ。

「アーサー!?」

それでも返事がない。

「一体、どこに行ったのかしら。それに、犬もいないわね。犬まで消えてしまったのかしら? アルフレッド!?」

マミーはお腹《なか》の底から雷《かみなり》がとどろくような大声を張り上げた。時間に遅《おく》れるのが嫌《きら》いなマミーは、はっきりいって急いでいるのだ。あいかわらず返事はない。マミーは思いついたように、半回転すると、再び家の中へ入った。

家の中は質素だけれど、趣味《しゅみ》良く飾《かざ》られている。板張りの床《ゆか》はぴかぴかに磨《みが》かれ、すべての家具に、まるで壁《かべ》を覆うツタのように、レースが掛《か》けられている。マミーは床を傷つけないためのパタンというスリッパがわりの四角い布の上に足を置くと、ぶつぶつ言いながら居間を横切った。

「まったく素晴《すば》らしい番犬だこと! 私ったら、とんでもない犬をもらってきちゃったわけね」

寝室《しんしつ》へと続く階段のところまでたどり着いた。

「一体、あの犬は何の番をしているっていうんだろう。家にいたためしがないんだから。アーサーとおんなじだわね。アーサーも犬も、すきま風のようなものだわ」

マミーはアーサーの寝室の扉を開けた。

少年の部屋としてはきちんと整頓《せいとん》されているけれど、それはアーサーがそうじや片づけが得意だからではない。ひと昔前の、木製のいくつかのおもちゃを除いて、おもちゃらしいおもちゃを持っていないのだ。

「日がな一日、アーサーと犬を捜《さが》し回っている哀《あわ》れな祖母のことを、あの子たちは心配しないんだろうか。するわけがないね！」マミーは廊下《ろうか》を進みながら、ぶつぶつと独り言を言い続けた。

「何も難しいことを頼《たの》んでいるわけじゃないのに。一日に五分でいいからじっとしていてちょうだいって、そう言ってるだけなのに。あの子と同じ年頃《としごろ》の子供たちのようにね！」

マミーは天井《てんじょう》を見上げながらそう言ったかと思うと、突然《とつぜん》、足を止めた。ある考えが浮かんだのだ。耳を澄《す》ますと、不思議なくらい静かだ。

「アーサーがおとなしく遊んでいられる場所……五分間、黙《だま》っていられる場所……物音を立てずに……」ひそひそ声でそうつぶやきながら、マミーは廊下を奥へ向かって進んだ。

そして、突《つ》き当たりの、「立ち入り禁止」と書かれた木の扉に近づいた。中にいるかもしれない闖入者《ちんにゅうしゃ》を驚《おどろ》かすために、そっと扉を開けた。まずいことに扉がきしんで、ぎぎっという音をたてた。マミーはまるでその音が自分の口から出たかのように顔をしかめながら、まずは頭だけつっこんでみた。

そこは書斎《しょさい》として改造されているおおきな屋根裏部屋だ。陽気な骨董屋《こっとうや》と変わり者の大学教授の仕事場の雰囲気《ふんいき》が入り交じっている。書斎の壁一面が大きな書棚《しょだな》になっており、革《かわ》で製本された古い書物がぎっしりと詰《つ》まっている。書棚のうえには「言葉というのは、しばしば他《ほか》の言葉を隠しているものだ」と書かれた絹ののぼりが飾られている。つまり、この書斎の持ち主は哲学者《てつがくしゃ》でもあるようだ。

マミーは、いかにもアフリカのものらしい古道具のあいだをぬって、足音をしのばせながらそろそろと進んだ。いたるところに立てかけられた槍《やり》は、地面からにょきにょきと生えている竹のように見える。壁にはアフリカの仮面がいくつも掛かっており、それは見事なコレクションだが、ただ、壁のまんなかに掛かっているはずの仮面が消えている。ぽつんと寂《さび》しそうに、釘《くぎ》だけがむきだしになっている。これは大きなヒントだ。ははん、とうなずきながら、マミーは、ますますはっきりと聞こえてくるいびきの方へ向かって歩いた。

予想どおり、マミーは、床で眠《ねむ》りこんでいるアーサーを見つけた。顔に問題のお面をつけたまま寝《ね》ているため、よけいにいびきが大きく聞こえる。アーサーの横に寝そべっている犬のアルフレッドが、マミーに気づいてしっぽを振《ふ》った。

マミーはこの愛らしい光景に、思わずほほえんだ。

「呼ばれたら返事くらいしてもいいでしょうに。もう一時間も前から捜していたんだから！」マミーはアーサーを乱暴に起こさないよう、犬に向かってつぶやいた。アルフレッドはくぅーんと鼻を鳴らしてそれに応《こた》えた。

「あらあら、そんなかわいらしい顔をしてみせたって無駄《むだ》よ。おじいちゃんの部屋に入って、むやみに物に触《さわ》ってはいけないこと、よくわかってるでしょうに」今度はちょっと厳しい声で言ってから、アーサーの顔に載っているお面をそっとはずした。

天使のように愛らしい、やんちゃ坊主《ぼうず》の顔が光の中に現れた。太陽の日差しで雪が解けるように、マミーの顔がふっとほころんだ。ぼさぼさ髪《がみ》で、顔にはそばかすのある、子うさぎのような表情をしたアーサーの寝顔は、食べてしまいたくなるほどかわいらしい。無《む》邪気《じゃき》な子供がなんの心配もなく、手足をだらんとさせて眠っている姿を見るのは嬉《うれ》しいものだ。

マミーは毎日の生活に喜びをもたらしてくれる、かわいらしい天使のような孫の姿を見て、幸せのため息をもらした。

アルフレッドはやきもちを焼いたのだろう、また、くぃーんと鼻を鳴らした。

「何なの？　五分でもいいから、おとなしくしていてちょうだい」マミーのこの警告をアルフレッドは理解したようだ。

マミーはアーサーの顔にそっと手を置いた。

「アーサー？」やさしく呼びかけてみたものの、アーサーはあいかわらずいびきをかいている。

「アーサー!!」今度は大きな声を出した。部屋じゅうに響《ひび》く大声に、アーサーはあわてふためきながら、がばっと起きあがった。

「助けて！　攻撃《こうげき》だ！　アルフレッド？　円陣《えんじん》を組むんだ！」まだ目が覚めきっていないアーサーは、うわごとのように言った。

「アーサー、落ち着いて。私よ、マミーよ」マミーはアーサーの体を抱《だ》きかかえながら何度もそう繰《く》り返した。

「ああ、マミー、ごめんなさい……ぼく、アフリカにいたんだ」正気に戻《もど》ったアーサーは自分が今、どこにいるのか、目の前にいるのは誰《だれ》なのか、やっと理解したようだ。

「そうみたいね」マミーはにっこり笑って答えた。「……それで、素敵《すてき》な旅だったの？」

「最高だったよ！」アーサーは内緒話でもするように声をひそめた。「おじいちゃんと、それに、アフリカの部族の人たちと一緒《いっしょ》にいたんだ。おじいちゃんの友達とね！」

マミーはうなずき、アーサーのゲームにつきあう心構えをした。

「どう猛《もう》なライオンに取り囲まれていたんだ。どこから出てきたのか知らないけど、十頭はいたよ」

「まあ大変！　で、どうやってそんな大変な状況《じょうきょう》から抜け出したの？」マミーはわざと心配そうに聞いた。

「ぼくは何にもしてないよ」アーサーは素直に答えた。「おじいちゃんが全部やってくれたんだ。畳《たた》んであった大きな絵を広げて、それを茂《しげ》みのまんなかに置いたんだ」

「絵？　どんな絵だったの？」

アーサーはマミーの質問が終わらないうちにすでに立ち上がり、書棚の中でもお気に入りの棚に近づくと、木箱の上に乗って一冊の本を手に取った。そして、あっというまに目指すページを開いてみせた。

「ほら、見て。キャンバスいっぱいに大きな円が描《か》いてあるでしょ。この円の中にライオンを閉じこめれば、ぐるぐる回るだけで、ぼくらを見つけることはできないんだよ。つまり……ぼくらの姿は見えないんだ」アーサーは満足げに言った。

「姿は見えなくても、人間は無臭《むしゅう》ではないわよ！」

マミーの反論を、アーサーはわからないふりをした。

「ところでアーサー、今朝、ちゃんとシャワーは浴びたの？」

「浴びようとしていた時に、この本を見つけちゃったんだよ。すっごくおもしろかったから、他のことは忘れちゃったんだ」アーサーはページをめくりながら素直に白状した。

「見てよ、このデッサン。これも、ほら、これも、全部、おじいちゃんがアフリカの部族のためにしてあげた仕事だよ！」

マミーは隅々《すみずみ》まで記憶《きおく》しているデッサンにちらっと目をやって、冗談《じょうだん》ぽく言った。

「そうね。この絵を見て何がわかると思う？　それは、おじいちゃんは自分の部族より、アフリカの部族に夢中だったということね」

アーサーは再び、デッサンに夢中になり始めた。

「ねえ、これを見てよ。おじいちゃんはものすごく深い井戸《いど》を掘《ほ》って、竹を使って水を、一キロメートル以上も運べる装置を作り上げたんだよ」

「そうね、素晴らしい工夫だったわ。でも、おじいちゃんよりずっと前にローマ人がその発明していたのよ。パイプライン輸送と呼ぶの」

マミーのこの説明は、どうやらアーサーの知識には欠けている歴史のひとこまのようだ。

「ローマ人？　そんな部族、聞いたことないよ」

アーサーの無邪気さにマミーは思わず笑ってしまい、孫のぼさぼさの髪をなでながら説明を始めた。

「昔むかしにイタリアに住んでいた部族よ。一番偉《えら》い人はシーザーという名前だったの」

「シーザー？　サラダと同じ？」

「そうね、サラダと同じ」マミーは孫の好奇心《こうきしん》に負けてしまいそうになったものの、目の前の用事を思い出して立ち上がりながら言った。

「さあさあ、片づけてしまいなさい。町に買い物に行かなくちゃ」

「え？　てことは今日はシャワーはなしってこと？」アーサーが目を輝《かがや》かせた。

「いいえ、今は浴びなくていいってこと。買い物から帰ったら浴びるのよ。さあ、急いで、急いで！」

アーサーが本をもとあった場所にきちんと片づけているあいだに、マミーはアーサーが顔につけていたアフリカのお面を壁《かべ》に掛《か》けた。自分の夫に友情の印として贈《おく》られたこれらのお面は、いつ見ても誇《ほこ》りに満ちた表情をしている。消息を絶ったままの夫とわかちあった冒険《ぼうけん》を思い出しながら、その仮面を眺《なが》め、懐《なつ》かしい気持ちになり、マミーは想《おも》い出と同じくらい長く、深いため息をもらした。

「マミー？　どうして、おじいちゃんはいなくなってしまったの？」

静けさの中で響いたアーサーの言葉で、マミーは、はっと我に返った。

植民地の軍服に身をつつみ、ヘルメットをかぶった祖父の写真の前に立っているアーサーを見ながら、マミーはどう返事をしたらよいものか、しばらく言葉を探した。胸がいっぱいになっている時には、いつもそうなってしまう。マミーは窓を開けると外の空気をおおきく吸い込んだ。

「……どうしてかしらねえ……私も知りたいわ」マミーはそう言いながら窓を閉めたものの、ガラス越《ご》しに見える庭の景色に目をやったまま、動けなくなってしまったようだ。

堂々と空に向かって伸《の》びる樫《かし》の木。その根本に誇《ほこ》らしげに立つ、童話に出てくるようなこびとの像がマミーにほほえみかけている。この樫の木には、どれほど多くの想い出がつまっていることだろう。この樫の木なら誰よりも正確に、祖父のことを語ることができるだろう。でも、木は口がきけない。話して聞かせるのはやはりマミーの役目だ。

「おじいちゃんは、しょっちゅう庭に出ていたわ。とくに、大好きだったこの木の近くで何時間でも過ごしていたものよ。この木はおじいちゃんより三百歳も年上だって言っていたわ。だから、きっと、おじいちゃんは、この木からいろいろなことを教わったんでしょうね」

アーサーは音を立てずに長椅子《いす》にちょこんと腰《こし》をおろし、マミーの始めたこの話に聞き入った。

「今でも目に浮《う》かぶわ。夜が更《ふ》けたあと、おじいちゃんは望遠鏡で夜じゅう星を眺めていた……。満月がきらきら光っていて、それはそれは……とってもきれいだった。光に刺激《しげき》されたチョウチョのように、夢中になって望遠鏡をくるくる回すおじいちゃんを、私も何時間でも飽《あ》きずに見ていたものよ」

記憶に刻み込まれた情景を思い浮かべながらマミーはほほえんだ。そしてふっと表情を曇《くも》らせて続けた。

「……そして、ある朝方早くのこと、庭に出てみると、おじいちゃんのメガネだけがぽつんと置いてあった……で、おじいちゃんの姿はなかったの。もうじき四年になるわ」

アーサーは口をぽかんと開けたまま、しばらく黙《だま》ってしまった。

「……マミーになんにも言わずに？　手紙とか置いてなかったの？　なんにもなしに消えてしまったの？」

マミーはゆっくりとうなずいた。

「そうよ、きっと、おじいちゃんにとっては、誰にも何も言わずに、こんなふうに突然《とつぜん》、姿を消すことが、とってもとっても大事だったんでしょうね」ほんのわずかユーモアまじりにそう言い放つと、せっけんの泡《あわ》でもはじくように、マミーはぱんっと手を叩《たた》いた。

「さあさあ、遅《おく》れてしまうわ。セーターを着てきなさい」

アーサーは楽しそうに部屋へ走っていった。感情をころころと切り替《か》えていけるのは子供たちの、とくに十歳前の子供たちの特権だ。どんなに心に重くのしかかることでも、深刻にはならない。そう考えてマミーはふっとほほえんだ。自分にとっては、ほんの数分であれ、深刻な問題を忘れるのは難しいけれど。

マミーはもう一度、帽子を被《かぶ》りなおし、庭を横切って、おんぼろのシボレーの小型トラックへと向かった。

アーサーはセーターに腕《うで》をとおしながら走って車のまわりを一周した。これは車に乗る時に決まってする習慣だ。アーサーにとってマミーのシボレーは宇宙船であり、シボレーでのドライブは宇宙への旅と同じくらい大冒険なのだ。

車に乗り込むとマミーはいくつかボタンをいじくったあと、ドアのレバーよりさらにかたいキーを回した。軽い咳払《せきばら》いのような音をだしてエンジンがかかったかと思ったら、シュルルと情けない音を出し、再び、ぺっぺっと唾《つば》を吐《は》くような音を立てながら、やっとのことでエンジンが作動し始めた。古くなって安定性の悪くなった洗濯機《せんたくき》の雑音のようだけれど、アーサーは、この古いディーゼルカーの出すやさしい音が大好きだ。

こんなアーサーの気持ちとはかけ離《はな》れた印象を持っている犬のアルフレッドは、車から離れたところで、騒々《そうぞう》しいだけの車を見ながら、ちょっと困ったような顔をしていた。

マミーは発進させる前にアルフレッドに声を掛けた。「アルフレッド！ お願いがあるんだけど。もちろん、いやじゃなければだけど」

アルフレッドは片方の耳をぴんとそばだてた。お願い、という言葉には、必ずごほうびがついてくる。

「家の番をしていてもらえる？」

アルフレッドはなんのことかよくわからずに、ワンッと吠《ほ》えてマミーに答えた。

「ありがとう。いい子ね、よろしくね」

マミーは犬に手を振《ふ》ると、サイドブレーキを外してシボレーを発進させた。

地面からあがるかすかな土ぼこりが、のどかな風景が続くこの田舎《いなか》に、軽《かろ》やかな風が吹《ふ》き始めたことを告げていた。車は青々とした丘《おか》から遠ざかり、町へと続いてうねるちいさな道に入った。

町は、そう大きくはないけれど、とても快適なところだ。大きな中央通りには、小間物屋から靴《くつ》の修理屋まで、町のほぼすべての店が集まっている。といっても、これほど都市から離れていると、趣味《しゅみ》や遊びのための店が入り込む余地はないようで、実用的な店しかない。文明はこのちいさな町にはまだ乱暴にはおそいかかっていないようで、時の流れと共に、ゆっくりと開発されつつあるのだ。目抜《めぬ》き通りに初めて街灯が姿を現した時も、その明かりに照らされていたのは車よりもむしろ引き馬や自転車だった。つまり、マミーのシボレーの小型トラックなど、いくらぼろとはいえ、ロールスロイスに匹敵《ひってき》するといってもいい。

紛《まぎ》れもなく町一番の規模とわかる大きな店の前でマミーは車を止めた。通りを見下ろすような大きな看板にはその所有者の名前と役割がでかでかと書かれている。

「ダヴィド・コーポレーション　食品店」

つまり、ここに来れば食料品は何でもそろうということだ。

ほとんど中世の時代を思わせるようなこの町で、唯一《ゆいいつ》、宇宙ステーション代わりとなる、このスーパーマーケットに来るのがアーサーは大好きだ。しかも、ソ連が打ち上げた世界初の人工衛星、スプートニク号に乗って来るのだから、マーケットが宇宙ステーションだとしても当然なわけだ。もちろん、子供にしか通用しない想像だけれど。

マミーは建物に入る少し前に、というより巡査《じゅんさ》のマルタンとすれ違《ちが》う前に、ちょっと身《み》繕《づくろ》いをした。マルタンはまだ四十代だが、すでに髪には白いものがまじっている。コッカースパニエル犬のような、すがりつくような目と、どんな問題でも解決してしまえそうな、素敵《すてき》な笑顔《えがお》をした男性だ。警察の仕事は本当は得意ではないけれど、工場で働くには住まいから遠すぎるのだ。

マミーの姿を見つけると、マルタンはいつものように小走りに駆《か》け寄ってきて扉《とびら》を開いた。

「ありがとうございます、巡査」男性の礼儀《れいぎ》正しい態度に鈍感ではいられないマミーは、ていねいにお礼を言った。

「どういたしまして、マダム・スショ。あなたにお会いできるのは、ぼくにとっては、いつもおおきな喜びです」マルタンの話し方は、少し、誘《さそ》うような調子だ。

「あなたとこうしてばったりお会いするのは、私にとっても、とても嬉《うれ》しいことですわ、巡査」マミーは演技することをおおいに楽しみながらそう返した。

「嬉しいのは私の方です、マダム・スシュ。この辺りで嬉しいことというのは、そうめったにありませんから」

「そうでしょうね、巡査」

マルタンは帽子《ぼうし》を絞《しぼ》るようにして両手でいじくりまわしていた。まるで、それで会話のきっかけが見つけられるとでも思っているように。

「……お家《うち》の方で何か必要なことは？　すべてうまくいっていますか？」

「雑用には事欠かないけれど、おかげで退屈《たいくつ》はしないわ。それに私にはかわいいアーサーがいるでしょう。家にひとり男がいると安心だわ」

マミーはアーサーのぼさぼさ髪《がみ》の頭をぽんぽんと軽く触《さわ》りながら言った。アーサーはこれが大嫌《だいきら》いだ。マミーに限らず、人から頭をぽんぽんされると、自分がきゅっきゅっと音を立てる、おもちゃのボールになったような気がするからだ。アーサーはさっと、マミーの手から逃《のが》れた。

マルタンはアーサーの居心地《いごこち》の悪さを察して、話題を変えようとした。

「で……私の兄がさしあげた犬は？　ちゃんと仕事してますか？」

「仕事以上のことをしているわよ。あの犬は本物の獣《けもの》ね。野生とぎりぎりのところだわ」

マミーは打ち明けるような口調で答えた。「でも、幸い、うちのアーサーはアフリカのことをよーく知っているでしょう。奥まったジャングルに住む部族から教わったテクニックのおかげで、犬をしっかり調教できたんだもの。もちろん今でも獣性《じゅうせい》は内側で眠っているでしょうけれど、よくしつけられているわ。それにね、とにかくよく寝《ね》るんですよ」

マルタンはマダム・スショの話のどこまでが真実で、どこからが冗談《じょうだん》なのかよくわからずに、ちょっと途方《とほう》に暮れた。

「いやいや……お会いできて本当に嬉しかったです。マダム・スショ……ではでは、またまた」マルタンはまだまだ話していたい気持ちをがまんしながら、そう口ごもった。

「ではまた、巡査」マミーはにこにこしながら挨拶《あいさつ》した。

マルタンはふたりが通り過ぎていくのを見守りながら、まるでため息をもらすように扉から手を離した。

アーサーは全身の力を振り絞って、熱烈《ねつれつ》に愛し合う恋人《こいびと》どうしのようにくっついている二台の金属製のカートを引き離した。そして、買い物を書き留めたメモを手に、四列並んでいる通路のうちのひとつの通路で買い物をし始めたマミーの近くまで急ぐと両足を床《ゆか》に滑《すべ》らせてカートのスピードをゆるめた。スピードダウンするにはこれが一番だ。アーサーは人に聞かれないよう、マミーにからだをくっつけてささやいた。

「ねえ、マミー、あの巡査、マミーのことナンパしてるんじゃない？」

孫の口から飛び出したナンパという言葉にマミーはどぎまぎさせられたが、さいわい誰《だれ》にも聞こえていないようだ。軽く咳払《せきばら》いをしながら返答の言葉を探した。

「何言ってるの、あの……アーサー！　どこからそんな言葉を教わってきたの？」

「でも、本当のことじゃない？　いつだって、マミーのことを見つけると、あひるみたいにぺたぺた近寄ってきてさ、興奮して自分のかぶってる帽子まで食べちゃいそうじゃない。マダム・スショになんとか気に入られようとしてさ！」

「アーサー！　よしなさい、失礼じゃないの、あひると比較《ひかく》するなんて」マミーは眉《まゆ》をひそめ、ぴしゃりと言った。

本当のことを言っただけなのだから、叱《しか》られるなんて納得《なっとく》できないアーサーはわずかに肩《かた》をすくめてみせた。子供たちが発見し、おとなたちがすり替《か》えてしまう真実というのがいつでもある。

落ち着きを取り戻したマミーは、件《くだん》の真実と取り組もうと試みた。

「マルタン巡査は確かにとっても親切にしてくれるわ。町の他《ほか》の人たちと同じようにね。あなたのおじいちゃんはこの土地の人たちから本当に愛されていた。アフリカでしていたように、ここでも自分の発明でみんなの手助けをしていたからよ。おじいちゃんがいなくなってしまった時には、みんながものすごく力になってくれたわ」

マミーが真剣《しんけん》な話を始めたと察したアーサーは、からだをばたつかせるのを止《や》めた。

「本当よ、みんなが親身になって支えてくれなかったら、あれほどの苦しみには耐《た》えられなかったと思うわ」マミーは謙虚《けんきょ》な気持ちで打ち明けた。

アーサーは黙《だま》って耳を傾《かたむ》けていた。十歳の少年にはなんと答えていいかわからない。マミーはアーサーの頭をやさしくなでると、買い物のメモを渡《わた》した。

「はい、メモよ。これを見ながら買い物してちょうだいな。私はマダム・ロゼンバーグのところに取りに行くものがあるの。私より先に済んだら、レジのところで待っていてね」

アーサーはこくんとうなずいた。宇宙船で通路をひとりで走り回れると知って、すでにわくわくしていた。

「ストローを買ってもいい？」アーサーはさりげなく聞いた。

マミーはにっこりと笑ってうなずいた。「いいわよ、好きなだけ買いなさい」

ストローを好きなだけ買える！　アーサーにとって、これ以上、記念すべき朝はない。

マミーは外に出ると、慎重《しんちょう》すぎるほど左右を確認《かくにん》しながら通りを渡った。交通量がほとんどない通りを見るかぎり、それほど注意が必要とは思えないが、おそらく、ヨーロッパやアフリカの都会で夫と共に過ごした時代の習慣がまだ抜《ぬ》けずにいるのだろう。

マミーは金物屋に入っていった。入り口の鈴《すず》がちりんちりんと鳴ると、まるでびっくり箱から悪魔《あくま》が飛び出してくるように、ロゼンバーグさんが突然《とつぜん》、現れた。実は一時間も前から、友達のマミーが通りに姿を現すのを今か今かと待ちかまえていたのだ。

「あなたの後を追ってきてないわよね？」挨拶もそこそこにロゼンバーグさんはマミーに聞いた。マミーは素早く通りに目をやってアーサーがついて来ていないことを確かめた。

「大丈夫《だいじょうぶ》。あの子は何も気づいていないわ」

「カンペキ！　カンペキ！」ロゼンバーグさんは、わざと小鳥のような甲高《かんだか》い声を出しながら楽しそうに店の奥へ入っていった。そして木製のおおきなカウンターのうしろにかがみこんで、紙の袋《ふくろ》に入った箱を取り出し、それをカウンターの上にそっと置くと、五歳の少女のような笑顔《えがお》で言った。

「この中にすべて入っているわ」

「ありがとう。助かったわ！　あなたって本当に素晴《すば》らしいわ。で、おいくらお支払いすればいいかしら？」

「なに言ってるの！　お金なんかいらないわよ！　私だって、おかげで子供みたいに夢中になって楽しめたんだから！」

マミーは心を打たれた。それでも、長年身に付いている礼儀《れいぎ》から、簡単に受け取るわけにはいかず、繰《く》り返した。

「嬉《うれ》しいけれど、ただというわけにはいかないわ」

ロゼンバーグさんは、そんなマミーの遠慮《えんりょ》にはおかまいなく、箱をマミーの両腕《りょううで》の中に押しつけ、入り口の方に向かって背中を押した。

「これ以上何も言わないで、さあさ、急いで。アーサーが何か気づくといけないわ」

ほとんど店から投げ出されるような勢いだったものの、マミーはなんとか戸口のところで立ち止まって、最後にもう一度、繰り返した。

「お金を受け取ってもらえないなんて、困るわ……本当に、どうお礼を言っていいかさえわからないわ」

ロゼンバーグさんは、悲しげな顔をしているマミーの肩を愛情を込《こ》めて、やさしく揺《ゆ》すった。

「あなたは私に、この素敵な贈《おく》り物づくりに参加させてくれたのよ。これ以上、嬉しいことはないわ」

ふたりは目と目を見ながらほほえみあった。心の通い合った笑みだった。六十年は生きないと、こうした笑みは交換《こうかん》しあえない。

「さあ、行きなさいよ！　明日、待ってるわよ。どうなったか一から十まで話してね」

マミーはにこっと笑ってうなずいた。「絶対に来るわ。それじゃ、明日ね」

「明日ね」ロゼンバーグさんもそう言って、再び通りを見張る位置に戻った。ガラス越《ご》しに、マミーがシボレーのトランクに謎《なぞ》めいた箱をしまうのが見えた。

「うーん、わくわくしちゃうわ！」ロゼンバーグさんは手を打ち鳴らしながらつぶやいた。

マミーがスーパーマーケットに戻った時には、アーサーはすでにレジでカートから商品を取り出しているところだった。何が楽しいかって、ちいさなベルトコンベアーの上に、スパゲッティ、歯磨《はみが》き粉、砂糖、シャンプー、そしてリンゴをのせながら、列車ごっこのまねごとができることだ。マミーは事情を知っているらしいレジ係の女性にウインクをした。スーパーの制服のブラウスを着た若い女性はマミーを安心させるような、ちょっとした身振《みぶ》りをしてみせた。ストローの箱がベルトコンベアーに載《の》って運ばれてきた。

「全部、見つけられた？」

「うん、うん」アーサーは商品がかたかたと運ばれていく様子を夢中になって見ながら答えた。

二つ目のストローの箱がマミーの鼻先を通過した。

「私の書いたメモの文字が読めないいんじゃないかって、ちょっと心配だったけど」

「読めたよ。問題ないよ。マミーは？　用事は済んだの？」

マミーはあわててしまった。子供に嘘《うそ》をつくのは、時としてこの世でもっとも難しいことだ。

「ああ、……ええ、いえ、それが……まだ出来ていなかったのよ。たぶん、来週、また取りに来るわ」マミーは神経質にストローの箱を袋に入れながら言った。

自分がついた嘘にどぎまぎしているマミーは、百本入りのストローの六つ目の箱も何も言わずに素通りさせるところだった。

「アーサー？　ちょっと、こんなにストローばっかり買ってどうするつもり？」

「好きなだけ買いなさいって言ったのはマミーだよ」

「まあ、そうだけど……言葉の綾《あや》ってものがあるでしょう」マミーは孫の指摘《してき》にむにゃむにゃと口ごもった。

「これで最後だよ！」話を中断するため、そしてストロー買い占《し》めを完了《かんりょう》させるためにアーサーが言った。マミーは言葉を探した。ストローについてはなにも聞かされていなかったレジの女性は、申し訳なさそうな顔をした。

　マミーは家につくと、行きよりもさらに疲《つか》れ果てたシボレーを、キッチンの窓にほど近いところにとめた。買ってきた食料品を家の中に運び込むのに、ここが最適の場所なのだ。アーサーは窓のへりのところにストローの箱を積み重ね始めた。マミーの手伝いをするのは彼にとっては、とても自然なことだが、今日は早く済ませようとあせっているようだ。何か他《ほか》にしなければならないことがあるのだろう。

　マミーは孫が急いでいるのを察して言った。

「もういいわよ、アーサー。あとは私がやるから、日のあるうちに遊んでらっしゃい」

アーサーは喜んでマミーの優《やさ》しさに甘えた。ストローの詰《つ》まった自分のバッグをかつぐと、一目散に、吠《ほ》えながら走り去った。いや、吠えているのはご主人と喜びを分かち合おうと、アーサーの後を追っているアルフレッドだ。アーサーが大急ぎで行ってしまったのはマミーにとっては好都合だった。これで落ち着いてシボレーのトランクから例の箱を取り出し、家の中の安全な場所に隠《かく》すことができる。

アーサーはガレージに入ると、天井の細長い蛍光灯《けいこうとう》のスイッチを入れた。いつものことながら、しばらくパチパチという音がしてから、ガレージ全体が明かるくなった。アーサーはいつもするように扉《とびら》の近くのダーツを一本摑《つか》むと、部屋の反対側に向かって投げた。矢は的《まと》のど真ん中に命中した。

「イエーッス！」勝利の印として腕をぶんぶんと振り回しながら叫《さけ》んだ。そして、あるものに占領《せんりよう》されている作業台に向かった。

あるものとは、縦にすっぱりとふたつに割られた何本もの竹だ。竹の両脇《りようわき》の横一列には、ちいさな穴がいくつも開けられている。アーサーは興奮しながらストローの入った袋を破ると、ひとつひとつ箱の包装をはがしていった。太さ、長さ、色もさまざまだ。

アーサーは最初の一本をどれにしようかと、まるで外科医《げかい》がメスでも選ぶように迷ったすえに、ついに一本を選び出し、竹のひとつを手にとって、小さな穴の中に差し込もうとした。穴はわずかに小さかった。たいした問題じゃない。ただちにスイスナイフを取り出すと、穴の内側を平らに削《けず》った。ストローの二本目は穴にぴたっと入った。

アーサーは、この記念すべき瞬間《しゆんかん》に立ち会うことを許された唯一《ゆいいつ》の目撃者《もくげきしや》となるアルフレッドを振り返り、自慢《じまん》げに言った。

「アルフレッド、おまえは地方でいちばん大きな用水路の設置に立ち会うんだぞ。シーザーの作った用水路より大きいんだ。それに、おじいちゃんのこしらえたものより、もっと完璧《かんぺき》なんだ。……アーサーの用水路だ！」

アルフレッドは興奮してあくびをした。

建設者アーサーは、何十本ものストローを差し込んだ長い竹を肩《かた》にかついで庭を横切った。買い物してきた食料品をキッチンで片づけていたマミーの目に、窓越しに通り過ぎていくアーサーの姿がちらっと映った。でも、たった今、自分の目に入ったものが一体なんだったのかわからず一瞬、はてなと思ったものの、まあいいわ、と肩をすくめただけだった。

アーサーは念入りに整備した溝《みぞ》に、このためにわざわざ木の枝でこしらえた支えを置き、そのうえに竹をそっとのせた。溝には、ラディッシュと呼ばれる野菜の柔《やわ》らかな緑の新芽が規則的に並んでいる。次にアーサーはガレージに突進《とっしん》し、出番を待っていたホースを取り出して広げた。

現場監督《かんとく》のような顔で心配げに見つめているアルフレッドの横で、アーサーはホースの先を一本目の竹に粘土《ねんど》でつなげた。もちろん、色とりどりの粘土だ。それから、ストローがそれぞれの新芽のうえにくるように竹を回転させた。

「いいか、ここが一番、繊細《せんさい》な作業だぞ、アルフレッド。水びたしにしたり、作物をだめにしたくなかったら、ミリ単位で正確に調整しなくちゃいけないんだ」

アーサーはまるで爆弾《ばくだん》でも仕掛《しか》けている者のように押し殺した声で言った。

ラディッシュのことなど興味のないアルフレッドは、お気に入りのぼろぼろのテニスボールをくわえて持ってくると、新芽のうえに投げ出した。

「アルフレッド、そんなことしてる場合じゃないんだよ。そもそも、一般《いっぱん》市民は建設現場には入れないんだからな」そう言いながらアーサーはテニスボールを拾うと、思い切り遠くへ投げた。

アルフレッドは今度こそ遊びが始まったのだと思い、想像上の獲物《えもの》を追うために脱兎《だっと》のごとく駆《か》けだした。調整を終えたアーサーはガレージの壁《かべ》に固定してある蛇口《じゃぐち》に向かって走った。

アルフレッドはテニスボールをくわえて戻《もど》ってきたが、ご主人の姿はすでになかった。

アーサーは蛇口に手を置くと、一瞬、祈《いの》るような顔をして、ゆっくりと栓《せん》をひねった。

「運を天に任せて！」そう叫ぶや、アーサーは水の排出口《はいしゅつこう》を目指してホースに沿って走り出した。途中《とちゅう》ですれ違ったアルフレッドはこの新しい遊びを理解できずに途方に暮れているようだ。

アーサーは地面に腹這《はらば》いになって、竹の中からストロー一本一本に注ぎ込まれていく水の流れを見守った。ラディッシュの新芽が、気持ち良さそうに水を浴び始めた。アルフレッドも、植物に向かっておしっこをしているこの機械に興味をそそられ、くわえていたボールを離《はな》した。

「やった！」アーサーはおめでとうを言うため、犬の前足をつかんで握手《あくしゅ》のまねをした。

「ブラボー！　おめでとう！　素晴《すば》らしい！　歴史に残る、目覚ましい作品だ」

その時、腰《こし》にエプロンをつけたマミーが玄関《げんかん》先に出てきて、いつものように大きな声で叫んだ。「アーサー！　電話よ！」

「アルフレッド、ちょっと失礼するよ。たぶん水道会社の社長さんが、ぼくの成功を褒《ほ》め称《たた》えるために電話をしてきたんだ。すぐに戻るよ」

2

アーサーは庭を猛烈《もうれつ》にダッシュしてきた勢いのまま居間に滑《すべ》り込み、受話器に飛びかかると、ソファにどさっと沈《しず》み込むようにして座り、いきなり話し始めた。

「シーザーのような用水路のシステムを生み出したんだよ！　でも、ぼくのはね、マミーのラディッシュを育てるためなんだ。これで今までの二倍も早く育つようになるよ！」

相手が誰《だれ》かも確かめなかったものの、午後の四時ごろに掛かってくる電話は、たいてい母親からのものだ。

「良かったわね、アーサー。でも、シーザーって誰なの？」母親は息子《むすこ》のあまりの勢いにちょっと戸惑《とまど》いながら聞いた。

「おじいちゃんの仕事仲間だよ」アーサーは自信を持って答えた。「暗くなるまでに来れば見られるよ。今、どこにいるの？」

母親はちょっと気詰《きづ》まりを覚えた。

「……まだ、今は町よ」

アーサーはちょっとがっかりしたようだが、でも、用水路の成功で自信をつけた今日のアーサーは、そのくらいのことでは傷つかない。

「そう……別にいいよ。明日の朝、見ればいいよ」アーサーは自分を安心させるように言った。

「……よく聞いて、アーサー」

母親の口調がさらにやさしくなった。これはあまり良い兆候《ちょうこう》ではない。

「パパとママはすぐにはそっちには行けないの」

アーサーのちいさなからだが、ぱんぱんにふくらんでいた風船が針に刺《さ》されてしぼんでいくように、縮こまった。

「町ではいろいろと問題があるの。工場が閉まってしまったのよ……パパはまた新しい仕事を探さなくてはならないの」母親は若さを押し隠《かく》すように、威厳《いげん》のある声で答えた。

「こっちに来ればいいよ。仕事なら、庭でやることがいっぱいあるよ」アーサーは無邪気《むじゃき》に提案した。

「ママは本当のお仕事のことを言ってるのよ。家族三人が食べていけるようにお金になる仕事のことよ」

アーサーはしばらく考えてから言った。

「ねえ、ママ、おじいちゃんの開発した用水路があれば、なんだって好きなものを育てられるよ。ラディッシュだけじゃないよ！　そうすればマミーも一緒《いっしょ》に四人みんなが食べるものがたっぷりできるよ！」

「そうね、アーサー。でもね、お金というのは食べるためだけのものじゃないの。お家賃を払《はら》ったり、それに……」

自分の思いつきに興奮しているアーサーは母親の言葉をさえぎった。

「そうだよ、ここでみんなで暮らせばいいじゃない？　場所はたくさんあるし、アルフレッドだってきっと喜ぶよ。マミーだって、もちろん嬉《うれ》しいに決まってるよ」

猫《ねこ》なで声をだしながら辛抱《しんぼう》していることがつらくなってきた母親は、今度は心を鬼《おに》にして、きっぱりと言った。

「いい、アーサー？　今の状態でもすでに大変なの。パパには仕事が必要なの、何か見つかるまで、ここにあと数日残るわ」

アーサーは、良いことだらけの自分の解決法を、なぜ母親がこうもきっぱりとうち消すのかわからなかった。しかし、おとなというのは、どんな理論も通用しない理由というのをいつも持っているものなのだ。

「……わかったよ」アーサーはあきらめてつぶやいた。

言い争いはここまで。母親の声が再び穏《おだ》やかになった。

「でも、近くにいないからといって、アーサーのことを思っていないわけではないのよ。いつも、心の底からアーサーのことを考えているのよ。とくに今日のような日は……」母親はちょっと謎《なぞ》めかした声で言うと、続けた。「だって……今日は……アーサーのお誕生日だもの！」

「お誕生日おめでとう、かわいい息子よ！」突然《とつぜん》、父親が電話口に現れて叫《さけ》んだ。すっかり気落ちしてしまったアーサーは、「ありがとう」とだけ抑揚《よくよう》のない声でぽつんと言った。それでも父親はやたらと陽気な口調のまま続けた。

「パパとママが忘れたんじゃないかと思っていたんだろう？　パパの大事な息子のことを忘れるもんか！　なんたって十歳だもんなあ。おまえももう、一人前の男だぞ！」

幸せのまねごとをしたところで、誰もだませやしない。特に、アーサーは。

マミーは台所の片隅《かたすみ》で孫のようすを心配げに見守っていた。電話での会話がアーサーにとって辛《つら》いものになるとわかっていたのだろう。

「プレゼントは気に入ったか？」

「ばかね！　何言ってるの！　まだ受け取ってないわよ」母親がちいさな声で父親を非難した。そして自分の夫のへまを取り繕《つくろ》おうと受話器を奪《うば》い返し、優《やさ》しい声で言った。「明日ね、マミーとふたりで町へ行って、好きなものを選びなさい」

「といっても、あんまり高いものはだめだぞ」冗談《じょうだん》とも本気ともつかない口調で、父親が口をはさんだ。

「あなた！」母親がまたしても夫をとがめた。「ちょっとは自分の発言に気をつけたらどう？」

「じょ……冗談さ！　好きなものを……そうさ、買えばいい」父親は大根役者のように口ごもった。

アーサーは無言のままだった。がまんの糸がぷちっと切れてしまったのだ。

「さてと、そろそろ切るよ。電話代もただってわけじゃないからな」

またしても父親はこんなことを口走ってしまった。母親が父親の頭に平手打ちを喰《く》らわした。ぴしゃっという音が、アーサーの耳に届いた。

「それじゃ……また電話するからな、アーサー……」

そう言うと、両親そろってハッピーバースデーの歌を歌い始めた。

アーサーはゆっくりと受話器を置いた。悲しいわけでも、怒《おこ》っているわけでもなかったけれど、頭の中でひとつだけはっきりしていることがあった。

電話よりも、竹の方がずっと楽しいや。

アーサーは、自分の横にちょこんとおすわりをしてニュースを待っているアルフレッドを見て言った。「水道会社の社長からじゃなかったよ」

アーサーは突然、心の底から寂《さび》しさを覚えた。丸くて暗い穴がぽっかりと目の前に浮《う》かんでいるようだった。

アルフレッドはご主人の胸の内を察したのか、空気を変えようとして、再び、ボールで遊ぼうとアーサーに提案しようとした。ところが、かすかな歌声にアルフレッドの考えはさえぎられた。

「ハッピーバースデー、トゥー・ユー！」

聞こえてきたのは、楽しそうなマミーの歌声だった。

十本のろうそくが誇《ほこ》らしげに灯《とも》された、おおきなチョコレートケーキを両手にかかえている。自分を無視して歌われることに耐《た》えられないアルフレッドが吠《ほ》え始め、その鳴き声のリズムに合わせて、マミーがゆっくりとアーサーに近づいてくる。アーサーの顔が、ろうそくの明かりに照らされる前に、ぱーっと輝《かがや》いた。マミーはケーキと、それにちいさなプレゼントの箱をふたつアーサーの目の前に置いた。

嬉しくて胸がいっぱいになったアーサーは、マミーの首に抱《だ》きついた。

「マミー、ぼくのマミーは世界中のおばあちゃんの中で、いっちばんきれいで、いっちばん素敵《すてき》だよ！」アーサーは照れることもなく叫んだ。

「ありがとうね、アーサー。あなたは世界中で一番やさしい孫よ。さあ、ろうそくの火を吹き消すのよ」

アーサーは胸一杯《いっぱい》に息を吸い込んだものの、思い返して言った。

「こんなにきれいなのにもったいないから、もう少し、このままにしておこうよ。まずはプレゼントだ！」

「……あなたの好きなようになさい」マミーは楽しそうに言った。「その箱はアルフレッドからよ」

「誕生日を覚えててくれたなんて嬉しいよ、アルフレッド！」アーサーは驚《おどろ》いて言った。

「あなたはアルフレッドの誕生日を忘れたことあるの？」

確かにアーサーも、いつだってアルフレッドのお誕生日をお祝いしてあげる。アーサーはマミーにほほえみかえすと、ちいさな紙包みをほどいた。中には新品のテニスボールが入っていた。

アーサーはびっくり仰天《ぎょうてん》して叫んだ。

「わおおお！　こんなにぴかぴかの新品、見たことないよ！　すっごいきれいだ！」

興奮したアルフレッドが遊ぼうよ、遊ぼうよ、とせかすように吠え立てた。ボールを投げようとしたアーサーの腕《うで》をマミーがつかまえて言った。

「ボールで遊ぶなら外で、あとにしてね」

アーサーはもちろん同意して、ボールを背中とクッションのあいだに隠《かく》した。そして、もうひとつの包みに取りかかった。

「これは私からよ」箱を指さしながらマミーが言った。

それはミニチュアの赤いコルベットで、脇《わき》についているねじを巻くとエンジンがわりになる仕組みになっている。アーサーもアルフレッドも目を丸くした。

「すっごいやあ！」アーサーは口をぽかんと開けて叫んだ。

早速《さっそく》、ねじを巻き、ちいさなレーシングカーを床《ゆか》に置き、ぶるんぶるんっとエンジン音をまねてから手を離《はな》した。車が勢いよく居間を横断し始めると、アルフレッドがそれを追った。コルベットは何度かあちこちにぶつかり、椅子《いす》の下を通過しながら、アルフレッドをおおきく引き離した。

アーサーはきゃっきゃと声を立てて笑った。

「こいつ、ボールより車の方が気に入ったみたいだね」

車はアルフレッドの目をくらまし、玄関《げんかん》の扉《とびら》に当たって止まった。

アーサーはあらためてケーキに目をやったが、まだろうそくの火を消そうとはしない。

「どうやってこんなケーキをこしらえたの？　オーブンは壊《こわ》れてると思ってたのに」

「ちょっとずるをしたのよ」マミーが白状した。「金物屋のロゼンバーグさんね、あの人がオーブンも道具も貸してくれたのよ」

「最高だね」アーサーはケーキに目を釘付《くぎづ》けにしたまま言った。「ただ、ぼくたち三人にはちょっと大きすぎるけど」

マミーは再び、アーサーの心に影《かげ》が差すのを感じた。

「パパとママを恨《うら》まないでね、アーサー。ふたりはできるだけのことをして頑張《がんば》っているんだから。パパの仕事が見つかったら、何もかもうまくいくから。マミーはそう信じてるわ」

「去年だって、その前の年だって、ふたりともぼくの誕生日にはいなかったじゃないか。新しい仕事が見つかったって、何かが変わるとは思えないよ」

アーサーのまるでおとなのような口調に、マミーはもう何も言えなくなってしまった。

アーサーがろうそくの火を吹《ふ》き消そうと身構えた。

「あ、何かお願いごとをするのよ」

マミーにそう言われ、アーサーは、すぐさま、お願いごとを口にした。

「来年の誕生日に……おじいちゃんが、ここにいてくれますように！」

マミーはこみあげてくる涙《なみだ》をこらえきれず、頬《ほお》に流れるままにした。そして孫の髪《かみ》をなでながら言った。「あなたのお願いごとが叶《かな》うといいわね。さあ、ろうだらけのケーキを食べたくなかったら、吹き消してしまいなさい」

アーサーが胸一杯、息を吸っているあいだに、アルフレッドはやっとのことで、玄関の扉のところで止まっていたレーシングカーを見つけた。ところがガラス窓の向こうに、すごみのある人影が現れたものだから、アルフレッドは新しいおもちゃを取りに行く勇気がなくなってしまった。

その人影がますます近づき、玄関の扉を開けた。そのすきに家の中に流れ込んできた風のせいで、アーサーが吹き消そうとしていたろうそくの火が大きく揺《ゆ》れた。アーサーは息がつまるところだった。

人影はゆっくりと、しかし、騒々《そうぞう》しい音を立てながら居間に向かってきた。

不安になったマミーは一瞬《いっしゅん》身動きできなくなった。

男の姿が明かりの中に浮かび上がった。年は五十くらいだろうか、堂々とした体格をしているが、顔はやせこけており、近くから見ても遠くから見ても、どうみても愛想が良いとは言えない。愛想とは正反対に、身なりはとてもきちんとしている。しかし、恰好《かっこう》で人は判断できない。アーサーもマミーも警戒心《けいかいしん》をゆるめなかった。

男はぴりぴり張りつめた雰囲気《ふんいき》を和《やわ》らげるため、礼儀《れいぎ》正しく帽子《ぼうし》を取り、笑顔《えがお》を作ってみせた。つくり笑顔のせいだろう、顔が痛そうだった。

「ちょうどいい時に来たようだ」本心とも皮肉ともどちらとも取れる、あいまいな口調だった。

マミーはその声で男が誰《だれ》であるか、はっきりとわかった。かの有名な『ダヴィド・コーポレーション食品店』のオーナーだ。

「いいえ、ムッシュー。最悪の時にいらしたわ。それに、申し上げておきますが、人の家を訪問する時には、前もって連絡《れんらく》ができないのなら、せめてドアの呼《よ》び鈴《りん》を鳴らすのが礼儀というものですわ」マミーが毅然《きぜん》とした態度で言った。

「鳴らしましたよ」ダヴィドは抵抗《ていこう》した。「証明することもできる」

男はそう言うと、ほらみろとばかりにチェーンの切れ端《はし》を見せた。

「いつか、誰かの頭に鈴《すず》が落っこちますよ。次回は車のクラクションを鳴らすとしましょう。その方が用心深い」

「あら、次回があるとは思えませんけどね」マミーがすぐさまやり返した。「今日のあなたの訪問はまったくもって迷惑《めいわく》です。家族だけの特別な時間を過ごしている最中ですから」

ダヴィドは、ろうそくの火がすっかり消えてしまったケーキに目をとめた。

「おやおや、見事なケーキだ！　坊《ぼう》や、誕生日おめでとう。いくつになったんだい？」

そして素早くろうそくの数を数えた。「八、九、十……いやあ、時の経《た》つのは早いですなあ」ダヴィドはわざとらしく驚きの声をあげて続けた。「おじいちゃんの足元をちょこちょこついて回っていたかと思ったら。……ところで、もう何年になりますかな？」

マミーの心の古傷に触《ふ》れるとわかっていて、わざとそんな質問をしているのだ。

「まもなく四年になるわ」マミーはたじろぎもせずきっぱりと答えた。

「もう四年にもなりますか！　いやあ、昨日のことのようだなあ」

男の言い方には、相手をわざと苦しめようとする意図がありありと感じられた。そしてポケットを探《さぐ》りながら続けた。「もし誕生日と知っていたら、坊やに何か持ってくるべきだったが……」

ダヴィドはあめ玉を取り出すと、アーサーに差し出した。

「ほら、坊や、誕生日おめでとう」

マミーは孫に目配せした。もめごとを起こしてはだめよ、という視線だった。そのメッセージを理解したアーサーは、あめ玉を受け取ると、まるで真珠《しんじゅ》でも手にしたようにうやうやしく眺《なが》めた。

「わお、嬉《うれ》しいなあ。こんなことしてくれなくていいのに。しかも、こんなアメ、生まれて初めて見たよ」アーサーは軽蔑《けいべつ》するような口調にユーモアを加えて言った。

ダヴィドはこの無礼を戒《いまし》めたい気持ちでうずうずしたものの、ぐっとこらえ、まるで復讐《ふくしゅう》でもするようにマミーに言った。

「そうそう、あなたにも渡《わた》さなければならないものがあるんですよ、マダム」

マミーは勢いこんでその言葉を遮《さえぎ》った。

「いいですか、ムッシュー。大変ご親切とは思いますが、今のところ、何ひとつ必要なものはないんです。今夜、孫とふたりで穏《おだ》やかな時間を過ごすこと以外はね。ですから、あなたの目的がなんであろうと、歓迎《かんげい》されていないこの家から、一刻も早くお引き取りくださいな」

言葉遣《づか》いは最高にていねいではあるけれど、言いたいことは明確だった。

ダヴィドはそれでも、そんなことは気にもしないで、ポケットから目的のものを取り出した。

「ああ、これだ、これだ！　ここには週に一度しか郵便配達が来ないから、お待たせしすぎないよう、私がちょっと回り道をしたんですよ。できるだけ早く受け取った方がいい知らせというものがあるでしょう」

男はしらじらしい親切心をひけらかしながらマミーに書類を差し出した。マミーは老眼鏡をかけた。

「この家の所有権が、未払《みばら》いのために期限切れになったことを証明する書類です。銀行の頭取から直接来ているものですよ」

マミーは困惑《こんわく》を隠《かく》しきれない目で読み始めた。

「頭取は自らこの件を扱《あつか》うつもりです」ダヴィドは意図をはっきりさせるために言った。

「この件はあまりに延び延びにされてきましたからね」

アーサーは、書類を読むまでもなく、この不愉快《ふゆかい》な男を銃《じゅう》で撃ち殺す勢いでにらみつけた。そんなアーサーに向かって、男はへびのような意地の悪い目をしながら、にやりと笑った。

「この書類により、あなたの所有権は七月二十八日をもって解消され、同時に、私に所有権が戻《もど》ったことになります。つまり、ここはあなたの家ではあるけれど……同時に、私の家でもあるわけです」

ダヴィドは自分のこの言葉に満足げだったが、人を攻撃《こうげき》する言葉としてあまりにも簡単だったことを少し後悔《こうかい》したのか、次のように、付け加えた。

「しかし、ご安心を。あなた方を追い出すようなまねはしませんよ。まさに、今夜、あなたが私にしようとしているようにはね。状況《じょうきょう》に対応するだけの時間は差し上げましょう」

マミーは最悪の事態を想像した。

「四十八時間、差し上げましょう」男は冷たく言い放った。「それまでは『我が家』で……まあ、くつろいでくださいよ」

もしアーサーが視線だけで銃殺できたとしたら、男のからだは今頃《いまごろ》、ざるのように穴だらけになっているだろう。

マミーはといえば、妙《みょう》に落ち着いていた。書類の最後の行までゆっくりと読み終えると言った。「ちょっと問題がありそうね」

ダヴィドは不安になって身構えた。「え？　どんな問題です？」

「あなたのお友達の銀行の頭取は、あなたの役に立とうと焦《あせ》るあまり、大事なことをお忘れのようですわ」

今度はダヴィドが最悪のことを恐れる番だった。ちょっとしたしくじりで、夢が台無しになってしまうこともありうる。

「だから、なんだっていうんです？」男は投げやりに言った。

「頭取は……サインを忘れているわ」

マミーは書類を男の目の前にかざして見せた。

ダヴィドは鯉《こい》のようにぽかんと口をあけたまま、黙《だま》ってしまった。たいそうな言葉も思わせぶりなそぶりもこれでおしまい。男は自分の愚《おろ》かさに、ただ茫然《ぼうぜん》としていた。

アーサーは喜びの叫《さけ》び声をあげたいところを必死で抑《おさ》え、心の中で「やったあ!!」と叫びつつ、親指をこっそりと立てるだけにとどめた。

マミーは指先でていねいに書類をたたむと、男に向かってすぱっと突《つ》き返した。

「つまり、あなたはまだ私の家にいるということですよ。その反対の事実が証明されるまではね。そして、あなたのご自慢《じまん》のデリカシーが今夜は感じられないので、あえて申し上げますが、十秒以内にお引き取りいただけなければ警察に通報いたします！」

ダヴィドは自分の立場が再び優位になるように、気の利《き》いた皮肉のひとつも返したかったが、言葉が見つからなかった。

「おじさん、数の数え方、知ってるでしょう？」アーサーが受話器を外しながら言った。

「こ、こんな不作法、許されると思ってるのか！　後悔しても知らないからな」

そう言うと、男は出ていった。悔《くや》し紛《まぎ》れに、乱暴に扉《とびら》を閉めたものだから、その衝撃《しょうげき》で呼び鈴の鈴が男の頭に命中した。不吉《ふきつ》な予感が当たったわけだ。打ちのめされ、痛みで視界があやしくなった男は、今度は木の柱にぶつかり、階段を踏《ふ》み外して、砂利《じゃり》のうえにのびてしまった。

やっとのことで止めてあった自分の車にたどり着くと、八つ当たりでもするように乱暴にドアを閉め、砂ぼこりをあげながら発進した。それにしても、男にはほこりが妙に似合っていた。


空がオレンジ色に染まり始めた。太陽が丘《おか》に沿ってゆっくりと滑《すべ》り落ちていこうとしている。アーサーもちょうど、夕暮れの光を浴びたアフリカのサバンナの版画を指でなぞっているところだ。眺《なが》めているだけで、熱気が伝わってくるような絵だ。シャンプーのリンゴの匂《にお》いのする髪《かみ》をきちんとなでつけたアーサーは、ベッドヘッドに背をもたせかけ、膝《ひざ》のうえには、革《かわ》で装丁《そうてい》された大きな本をのせている。毎晩、アーサーを夢の世界に誘《いざな》ってくれるのが、この本なのだ。

アーサーに寄り添《そ》ったマミーも、この版画に見とれている。

「あのころは毎晩、こんな美しい景色を見ていたものよ。あなたのママが生まれたのも、ちょうど、こんな景色の時間だったわ」

アーサーはマミーの言葉に聞き入った。

「私がテントの中であなたのママを出産しているあいだ、おじいちゃんは外で、この景色を描《か》いていたの」

アーサーはそんなおじいちゃんの姿を想像して嬉《うれ》しくなってほほえみ、無邪気《むじゃき》に聞いた。

「でも、アフリカで何してたの？」

「私は看護師をしていたの。おじいちゃんは技師だったのよ。橋やトンネルや、道路を作っていた。私とおじいちゃんはアフリカで出会ったの。ふたりとも同じことを望んでいた。つまり、アフリカの人々を助け、彼らの素晴《すば》らしさを、もっともっと発見したいと思っていたの」

アーサーは版画のページをていねいにめくって次のページを開いた。何色もの色で描かれたデッサンだった。半分裸《はだか》で、首飾《くびかざ》りやお守りをからだじゅうにまとったアフリカの部族が大集合していた。みな、背が高くてすらっとしている。きっとキリンの親戚《しんせき》なのだろう、そのくらい優雅《ゆうが》だ。

「この人たち、誰《だれ》？」アーサーが目を丸くして聞いた。

「ボゴ・マタサライ族よ。あなたのおじいちゃんは、この部族の人たちとのあいだに信じられないようなことが起こってから、ずっと固い友情で結ばれていたのよ」

アーサーの好奇心《こうきしん》をそそらないはずはなかった。

「へえ、そうなの？　信じられないことって？」

「今夜はもう遅《おそ》いから明日にしましょう」

「話してよ、お願い、マミー！」アーサーがすがりつくような目をして頼《たの》んだ。

「まだ台所で片づけものがあるのよ」

すでに疲《つか》れが出ているマミーは抵抗《ていこう》した。それでも、アーサーの方がうわ手だ。

「お願い！　五分だけ……だって、今日はぼくの誕生日だよ！」

まるで蛇遣《へびつか》いのような声でアーサーに懇願《こんがん》されたマミーは、あっさりと降参してしまった。「じゃあ一分だけよ、それ以上はだめよ」

「いいよ、誓《ちか》うよ！」

マミーはお話がしやすいように、ベッドに寄りかかると、アーサーもすぐさまそれを真《ま》似《ね》た。

「マタサライ族の人たちはね、とても背が高いの。大人になる頃にはみんな二メートルを超《こ》えるほどよ。これだけ背が大きいと、ふだんの生活も楽なことばかりじゃないわね。だけど彼らはいつも、自然が自分たちをこんなふうに創造したのだと言っていたわ。だから、世の中のどこかに、自分たちができないことをしてくれる、自分たちに欠ける部分を埋《う》めてくれる兄弟分がいるはずだと信じていたの。逆に、自分たちが、その兄弟分にしてあげられることがあるはずだと」

アーサーはマミーの話に夢中になっていた。マミーもたったひとりの聴衆《ちょうしゅう》の心をつかんでいると感じていた。

「中国ではこれを陰《いん》と陽と呼ぶそうよ。ボゴ・マタサライ族の人たちは『自然の兄弟』と呼んでいたわ。何世紀にもわたって彼らは、お互いに補足しあえる分身を捜《さが》していたの」

「それで？　見つかったの？」急に不安になったアーサーは、早く話の続きが聞きたくてじりじりした。

「アフリカじゅうを三百年以上も捜しあぐねた末に……そう、見つけたのよ。それは別の部族で、なんてことはない、彼らのすぐそばに住んでいたの。それもたった数メートルしか離れていないところに」

「……うっそ！　そんなことってありえるの？」

「その部族はミニモイ族といってね、彼らはマタサライ族とは正反対で……背の高さが二ミリにも満たないの！」

マミーがページをめくると、タンポポの葉のうえでポーズをとっているミニモイ族の姿が現れた。アーサーは口をぽかんと開けたまま茫然とその絵に見入った。こんな素敵な話は風の噂《うわさ》にも聞いたことがなかった。おじいちゃんは、むしろ工事現場の壮大《そうだい》なお話をよく聞かせてくれていた。

アーサーはふたつの部族の背丈《せたけ》の違《ちが》いを見比べようと、ボゴ・マタサライ族の人たちのページとミニモイ族のページを交互《こうご》に何度も開きながら、心配そうに聞いた。

「で……ふたつの部族は仲良しになれたの？」

「最高に仲良しになれたのよ！　マタサライ族ができないことはミニモイ族にとって難しいことはマタサライ族が代わりにやった。たとえば、ボゴ・マタサライ族が木を切るとしたら、ミニモイ族がノミやシラミを退治したのよ。こうして、なんでもお互《たが》いに助け合ったの。限りなく大きい人たちと、限りなくちいさい人たちは、うまくやっていけるように生まれついていたのね。ふたつの部族は、彼らを取り囲む世界に対して、独自の、揺るぎない見方や考え方を持っていたわけ」

マミーの言葉にうっとりとしながら次のページを開くと、ちいさな女の子が目に入った。アーサーはなんだか胸がどきどきしてきた。赤いくせっ毛の前髪の下にある大きなブルーの瞳《ひとみ》、グレープフルーツのような唇《くちびる》、子ギツネのようにいたずらっぽい目つき、どんなにかちかちに凍《こお》ったアイスクリームもとろけてしまいそうなほほえみ。

アーサーはまだ自分が恋《こい》に落ちたとは気づいていない。今のところはただ、お腹《なか》の中に熱いものを感じて、これまでとは違う、なんだか良い香《かお》りのする息が肺に送り込まれてくるのを感じていた。

マミーはそんなアーサーをちらっと見て、この素晴らしい感情の芽生えの瞬間《しゅんかん》に立ち会えたことをとても嬉しく思った。

アーサーは軽く咳払《せきばら》いをしてから、口をもごもごさせながら、やっとのことでマミーに聞いた。

「こ、これ、この子……誰？」

「ミニモイ族の王様の娘《むすめ》、セレニア王女よ」マミーはあっさり答えた。

「かわいい……」アーサーはうっかり口に出してしまってから、すぐに言い直した。「ていうか、すごくほら……かわいらしいお話だよね……信じられないよ」

「あなたのおじいちゃんは、マタサライ族の名誉《めいよ》市民だったのよ。というのも、彼らのために、本当にいろいろなことをしてあげたの。井戸《いど》や用水路、それに囲いもこしらえたわ……彼らがお互いにコミュニケーションをとって、エネルギーを交換《こうかん》できるように、鏡の使い方まで教えたのよ」マミーの口調はちょっぴり自慢気《じまんげ》だ。「そしてマタサライ族は、私たちがアフリカを離《はな》れようとしている時、感謝の印と言って、粒《つぶ》ぞろいのルビーを袋《ふくろ》いっぱいプレゼントしてくれたの」

「すっごーい！」アーサーは思わず叫《さけ》び声をあげた。

「ところが、あなたのおじいちゃんは、そんな宝物はどうでもよかったの。おじいちゃんの欲しいものは、ルビーではなく、ミニモイ族のところへ行くための秘密。それをどうしても手に入れたかったの」

アーサーは感動のあまり一瞬、茫然《ぼうぜん》となり、セレニア王女の絵をちらっと見てから、またマミーの話に耳を傾けた。

「で……おじいちゃんはその秘密を教えてもらったんでしょ？」

アーサーが何気なく口にしたこの質問の答えは、彼の運命をがらりと変えることになる。

「私にはまったくわからないの。大きな戦争が始まってね、私ひとりヨーロッパに戻《もど》って、おじいちゃんは戦争のあいだずっとアフリカに残ったの。六年ものあいだ、なんの知らせも届かなかったわ。まだ小さかったあなたのママも私も、もう、おじいちゃんには二度と会えないと思っていたの。なにしろ勇敢《ゆうかん》な人だったから、闘《たたか》いに出ていって亡《な》くなる可能性もおおいにあると思ってね」

アーサーは待ちきれない様子で続きを待った。

「そうしたらある日、一通の手紙が届いて、中には家の写真が入っていた。そして、一緒《いっしょ》にこの家で暮らそうって、つまり、結婚《けっこん》を申し込んできたのよ！」

「それで!?」アーサーは興奮して叫んだ。

「それで……私は気絶してしまったの！　だってあまりに突然《とつぜん》のことだったんだもの」

アーサーはマミーが手紙を手にしたまま、ひっくり返る姿を想像して笑った。

「で、そのあと、どうしたの？」

「どうしたって……おじいちゃんのところへ行って、それで、結婚したのよ。自然の流れでね」

「おじいちゃんて、ほんとにすごい人だね」

マミーはからだを起こすと、本を閉じた。

「ほんとね！　それにひきかえ、私はほんとにだめな人だわ。もうとっくに五分以上、過ぎてしまったわ。さあさ、寝《ね》なさい！」

マミーはアーサーが脚《あし》を入れられるように毛布を大きく開いた。

「ねえ、ぼくもミニモイ族のところへ行ってみたいよ」アーサーが毛布を首のところまで引っ張りながら告白した。「いつか、おじいちゃんが帰ってきたら、ぼくに秘密を打ち明けてくれるかな？」

「あなたが良《い》い子にして、マミーの言うことをよく聞いていたらね……マミーからもお願いしてあげるわ」

アーサーはマミーの首におやすみのキスをした。

「ありがとう、マミー。頼《たよ》りにしてるよ！」

マミーは愛すべき腕白坊主《わんぱくぼうず》から離れると、きっぱりと言った。

「さあ、寝ましょう」

アーサーはがばっと向きを変えて枕《まくら》に顔を埋《うず》め、すでに寝ているふりをした。マミーは愛情たっぷりに孫の頰《ほお》にキスをし、夢の神様モルフェウスと、セレニア王女の腕《うで》の中に孫を預けることにして、明かりを消した。

マミーは、床《ゆか》がきしまないように、こっそりと足音をしのばせながら書斎《しょさい》に戻り、大事な本を元の場所に戻すと、夫の肖像画《しょうぞうが》の前にしばらく立ちつくした。夜の静けさの中に大きなため息がもれた。

「アーチボルト、あなたがいなくて本当に私たち、寂《さび》しいの。本当に、とっても寂しいのよ」

マミーはずっとそうしていたい気持ちを抑《おさ》えて、明かりを消し扉《とびら》を閉めた。

3

　ガレージの扉は、まるで古いお城の扉のように重くて、なかなか開かない。いつものように何秒か苦戦してから、アーサーはやっとのことで中に入るや地面にひざをついて、新品のミニカーをガレージから発進させた。三センチの車体に八百馬力。あとは想像力を働かせればいい。想像力ならアーサーは誰《だれ》にも負けない。まずは車の上に指を置き、コルベットにふさわしいエンジンのハッキングの音やとどろきを声でまねた。

　次に、パトロール隊員の役目のふたりのドライバーと、彼らを管制塔《かんせいとう》からコントロールするチーフの声を準備した。

「ドライバー諸君、今日はきみたちに、世界的に認められた、我らの素晴《すば》らしい用水路に関する完璧《かんぺき》なレポートをしてもらいたい」この声はどうやら、スピーカーから出ているようだ。

「了解《りょうかい》です、チーフ！」これはドライバーの声。

「きみたちのマシンは新車だ、心して乗るように。とてつもなくパワフルだぞ」スピーカーの声がつけ加えた。

「オーケー、チーフ！　ご心配なく」駐車《ちゅうしゃ》してある位置から離《はな》れる前にドライバーがそう言うと、コルベットは庭の茂《しげ》み目指して加速していった。

洗濯物《せんたくもの》の入った大きなバケツを両手にかかえたマミーが、玄関《げんかん》の扉を、よいしょっとお尻《しり》で押し開け、庭の物干し場へと急いだ。

アーサーはミニカーを地面に直《じか》に置き、ゆっくりと押しながら溝《みぞ》の中に滑《すべ》らせ、完成したばかりの見事な用水路を走らせ始めた。

「こちらはパトロール隊。今のところすべて順調です」

ドライバーが告げたものの、どうやら早とちりだったようだ。というのも目の前に、巨《きょ》大《だい》なテニスボール（これも新品だ！）が立ちふさがり、彼らの行く手を阻《はば》んでいる。

「ああ、なんてこった！　大変だ！」

「何が起きているんだ、隊員！　返事をしてくれ！」管制塔にいて何も見えないチーフが心配そうな声をだした。

「地崩《じくず》れです！　いや、地崩れではない！　罠《わな》です！　山男だ！」

アルフレッドが新品のテニスボールに鼻先をくっつけたのだった。思いっきりしっぽを振《ふ》っている。

「パトロール隊へ。しっぽには要注意だ。手強《てごわ》い武器だからな」スピーカーから忠告が飛んできた。

「心配なく、チーフ。おとなしそうです。このしっぽを利用して道を空けましょう。クレーンの手配をお願いします！」

すぐさまアーサーの腕がクレーンに早がわりした。もちろん、クレーンの立てる騒音《そうおん》も忘れてはいない。かくっかくっと作動させると、つかみの部分の役割をしているアーサーの指がボールをキャッチした。ナイス！

「放出だ！」ドライバーが叫《さけ》んだ。

アーサーは腕の緊張《きんちょう》をほぐすと、ボールをできるだけ遠くへ投げた。

当然のことながら、山男はボールを追いかけた。

「障害物がなくなりました。山男を追い払《はら》いました！」ドライバーが誇《ほこ》らしい声で告げた。

「よくやった、パトロール隊員。この調子で仕事を続けるんだ！」チーフが激励《げきれい》を飛ばした。

一方、マミーは自分の仕事を続けている。今はシーツを干すために二本目の洗濯用のロープをつかんだところだ。

遠くに見える丘《おか》のてっぺんに、雲のようなほこりが舞《ま》うのがマミーの目に入った。車がやってくることを告げている。郵便配達の日でも、牛乳配達の日でもないというのに。

「何かしら?」マミーは不安になった。


アーサーがパトロールを続けていると、またしても邪魔者《じゃまもの》がはいった。

山男が戻《もど》ってきたのだ。アルフレッドは溝をまたぐ恰好《かっこう》で、口にくわえているボールを今にも放《ほう》ろうとしている。

パトロールカーの中はパニックになった。

「まいったな! もうだめだ!」

「だめなことなど決してない!」アーサーが英雄《えいゆう》的なシーンのために用意してあった声で、もうひとりのドライバーに叫ばせた。

アーサーは大急ぎでネジを巻いた。

そんなことにおかまいなしの山男は、ボールを口から放した。ボールは溝の中に落ちた。

「急いでください、キャプテン! そうでないと、我々は死んでしまいます!」サブのドライバーが懇願《こんがん》した。

ボールが車に向かって正面から転がってくる。やばい！　まるでミニチュアサイズのインディ・ジョーンズだ。アーサーは危機一髪《いっぱつ》というところで、コルベットを逆向きに置いた。

「バンザイ！」日本語のこの表現が今の状況《じょうきょう》にふさわしいかは別として、とりあえずアーサーはそう叫んだ。

ミニカーは、うしろから迫《せま》ってくるボールの勢いで、追い風を受けながら、びゅんびゅんとスピードを上げていく。まるで犯罪者を追跡《ついせき》するヘリコプターのように、アーサーの大渓谷《だいけいこく》をうねうねと走っていく。

ところが、ボールは引き離したものの、おおきな難関が待ち受けていた。溝の行き止まりが目前に迫ってきたのだ。

「ああ、もうだめだあ！」サブのドライバーは今にも泣き出しそうだ。

「踏《ふ》ん張るんだ！」勇敢《ゆうかん》なドライバー、アーサーが元気づけた。

車は壁《かべ》に直面すると、ほとんど垂直になって上昇し、空中でいったん止まると次の瞬間《しゅんかん》、素晴らしいスピンを見せながら地面に墜落《ついらく》した。

見事なスタント、完璧だ。

アーサーはクジャクのように鼻高々だった。

「よくやりましたね、キャプテン！」へとへとになったサブのドライバーが言った。

「なんでもないさ！」アーサーが年輩《ねんぱい》の声を出して答えた。

その時、巨大な影《かげ》が近寄ってきたかと思うと、ミニカーのコルベットはその影にすっぽりと呑《の》み込まれた。パトロールカーとは比べものにならない巨大な車の影だった。運転しているのはダヴィドだ。車は肝《きも》をつぶされるような音を立てながらアーサーのミニカーの前方に止まった。

子供を驚《おどろ》かせて喜んでいるダヴィドの顔がフロントガラス越《ご》しに見えた。

ボールをくわえて嬉々《きき》として戻ってきた山男のアルフレッドも、車を見つけると、遊びを続けている場合じゃなさそうだと察した。おずおずと口から放したボールはころころと転がると、本物の車の下を通って、まさに運転席から降りようとしているダヴィドの足元で止まった。結果、ダヴィドはボールに足をとられ、すってんころりとひっくり返ってしまった。チャップリンでも、これほど上手に演じることはできないだろう。

アーサーも地面にはいつくばっていたものの、ダヴィドとは正反対に気分は爽快《そうかい》、噴《ふ》き出しそうだった。

「こちらパトロールセンター！　山男が新たな犠牲者《ぎせいしゃ》を出しました！」

ドライバーが告げた。アルフレッドは功績をたたえられたことに気をよくして、しっぽを振りながらわんわんと吠《ほ》えた。山男たちはこうして賞賛しあうようだ。

ダヴィドはやっとこさっとこ立ち上がると、必死になってからだじゅうのほこりを払った。そして荒々《あらあら》しくボールを拾うと、怒《いか》りにまかせて放り投げた。同時にびりっという音が響《ひび》いた。ジャケットの脇《わき》が裂けたのだ。ボールは何メートルも高さのある貯水槽《ちょすいそう》の中に着水した。ジャケットが破れてしまったことには腹を立てているものの、ボールを遠くまで投げられたことには満足し、もみ手をして喜んだ。

「さあ、きみたちの番だ！」復讐心《ふくしゅうしん》のこもった声で男がアーサーに言った。

アーサーは何も言わずにじっと堪《こら》えた。無言でいることで、人間としての尊さとプライドを表すことを選んだのだ。

ダヴィドは踵《きびす》を返すと、庭の奥へ向かった。

アルフレッドが普通《ふつう》でない吠え方をしているのを遠くで聞いていたマミーは、すでに心配になっていた。様子を見ようと、物干し用のロープに沿って歩き、近道をするためにシーツをたぐり寄せた。すると、目の前にダヴィドの顔がぬっと現れた。仰天《ぎょうてん》したマミーは声をあげた。

「びっくりするじゃないの！」

か。何か手伝いましょうかね」

「けっこうです。まだ何の用があるっていうんです?」マミーはますます不安になった。「春の大掃除《おおそうじ》です

「お詫《わ》びを言わなくてはならないんですよ。ゆうべの書類には誤りがあったんです。それを訂正《ていせい》しようと思いましてね」

男はポケットから紙を取り出すと、マミーの鼻先に差し出した。

「これが修正済みの書類です! この書類には、きちんと、正式に署名がしてあります」

男は洗濯《せんたく》ばさみをひとつつまむと、その書類を物干し用のロープに吊《つる》した。

「時間を無駄《むだ》にはなさらなかったというわけですね!」

「いやあ、偶然《ぐうぜん》の巡《めぐ》り合わせですよ」男は屈託《くったく》なく言った。「いつものように今朝教会へ行ったら、そこでばったり頭取と出くわしたんですよ」

「教会に通ってるんですって? それにしては、一度もお会いしたことがないなんてねえ」マミーは相手をやりこめる口調で言った。

「いや、私はなにしろ謙虚《けんきょ》なものですから、一番、奥の席に腰掛《こしか》けることが多いんですよ。あなたに会わないことが意外だと思っていたくらいですよ。ところで、市長にもばったり会いましてね、私の売却《ばいきゃく》証書を確認《かくにん》してもらいましたよ」

ダヴィドはもう一枚の書類を取り出し、さきほどの書類の横に洗濯ばさみで引っかけた。

「公証人にも出くわしましてね、私の所有権を有効にしてくれました」そう言いながら、もう一枚の書類を引っかけた。「それだけではない、銀行家とその美しい奥様にもお会いしたんですよ。で、あなたの借金を私に譲渡《じょうと》してくれた」

四枚目の書類が吊された。

男が次から次へと書類を吊しているあいだ、アーサーは貯水槽に登り始めていた。下で見守っているアルフレッドは不安げな顔でご主人さまの安否を気遣《きづか》っている。

ダヴィドは九枚目の書類を洗濯ばさみではさんだ。

「……これは土地の測量技師の書類、土地台帳の図面を鑑定《かんてい》したものです」間髪《かんはつ》をいれずに続けた。「そして最後が知事の書類。四十八時間以内の強制立《た》ち退《の》きを認めることに署名を添《そ》えてあります」

そう言うと、男は誇《ほこ》らしげに十枚目で最後の書類を吊しながら叫んだ。

「これで十通だ！　十は私のラッキーナンバーでしてね！」

喜びを隠《かく》しきれない口調だった。もちろん、復讐の喜びだ。

マミーは悔《くや》しさで胸がつぶれそうになり、その場に倒《たお》れ込んでしまいそうだった。

「というわけで、四十八時間以内にあなたのご主人が戻《もど》ってこない限り、この家は私のものになる」

「あなたって本当に冷酷《れいこく》な男ね、ダヴィド」マミーはうんざりしながら、ようやくこれだけの言葉を吐《は》き出した。

「違《ちが》う！　私はどちらかといったら寛大《かんだい》な人間ですよ。だからこそ、このあばら家をわずかな金額であなたがたに提供したんだ。あなたは何もわかっていない」

「この家は一度だって売り家だったことはないわ」マミーは百回も繰《く》り返している言葉のように言い放った。

「あなたは十分な努力をしなかったということですよ」男は皮肉っぽく返した。

アーサーは、水が半分ほど入っている巨大な貯水槽の縁《ふち》までよじ登った。中を覗《のぞ》くと、テニスボールが気持ちよさそうに水の表面に浮《う》かんでいる。今度はスタントマンに変身だ。両脚《りょうあし》を木でできたタンクの内側にしっかりとつけ、手をできるだけ伸《の》ばしてボールをつかもうとした。

アルフレッドがキュンキュンと鳴き始めた。動物も、悲劇が近づいている時には敏感《びんかん》に察するらしい。

パキッ！　かすかな音、笑えるような音だったけれど、アーサーを水槽の底に突《つ》き落とすのには十分だった。

アルフレッドは後ろ脚のあいだにしっぽを丸め、マミーに事件を知らせるという、突然《とつぜん》、請《う》け負った新たなミッションのためにそろそろと走りだした。

「なぜこんなに、このちいさな土地とみすぼらしい家に固執《こしつ》するんです？」マミーが男に聞いた。

「心情的なものですよ。この土地は両親のものだった」実業家は冷ややかに答えた。

「良くわかっています。夫がこの町に貢献《こうけん》したことのお礼として、この土地を夫に譲《ゆず》ってくれたのは、まぎれもなくあなたのご両親ですもの。あなたは今ではいなくなってしまったご両親のそんな気持ちに背《そむ》くようなことをするつもりなの？」

マミーが問いつめるように聞くと、ダヴィドはちょっと居心地《いごこち》が悪そうな顔をした。

「いなくなった！　ぴったりの言葉だ。両親もいなくなった、あなたのご主人のようにね。私をたったひとり残して！」

ダヴィドは明らかに苛立《いらだ》っていた。

「ご両親はあなたを見捨てたわけじゃないのよ。戦争で亡《な》くなったのよ」マミーは男の苛立ちを抑《おさ》えようと、優《やさ》しく言った。

「どうであろうと結果は同じだ！」男は乱暴に言い放った。「ぼくをひとりぼっちにしたんだ、だから、ぼくはひとりで事業をしようと思っているんだ。もし、あさっての正午、あなたのご主人がこの書類にサインをして借金を払《はら》わなかったら、ぼくはあなたたちに立ち退きをしてもらわなければならない。洗濯物が乾《かわ》いていようがいまいがね」

ダヴィドはあごをしゃくり、踵を返すと、劇場の幕でも閉じるようにシーツを引っ張った。するとシーツの反対側で、足の先から頭のてっぺんまでずぶ濡《ぬ》れのアーサーと出くわした。

実業家は思わず、くっくっと笑った。クリスマスに招待されたことを知った時の七面鳥のような笑いだ。

「奥さん、坊《ぼう》やも乾かしてあげたほうがよさそうだ」男はいかにもばかにしたような口調で言い放った。

アーサーは今回も、視線で虐殺《ぎゃくさつ》するだけにしておいた。

ダヴィドは車に向かって歩きながらも、まだくっくっと笑い続けていたが、おおきなお尻《しり》のせいで、後ろ姿は余計に七面鳥に似て見える。車に乗り込むとばたんっとドアを閉め、エンジンを空吹《からぶ》かしし、派手に砂埃《すなぼこり》をあげさせるためにわざと車輪を空転させた。すると、すぐ近くに転がっていたアーサーのコルベットは、激しい風を受けて吹き飛ばされ、何度か横転したあと、のろのろと走ったかと思うと、下水溝に落ちてしまった。

ダヴィドがスピードをあげて庭を突っ切っていくと、もくもくと吹きあがる土ぼこりが洗濯物をもろに直撃《ちょくげき》した。アーサーとマミーも黄土色のほこりにすっぽりと包まれてしまった。

すっかり疲《つか》れ果てたマミーは玄関口《げんかんぐち》の階段にぺたりと腰をおろし、申し訳なさそうに言った。

「アーサー、今度こそは、あのごうつくばりのダヴィドを止められそうにないわ」

「でもさ、あの人、前はおじいちゃんの友達だったんじゃないの？」アーサーがマミーの横に腰掛けながら聞いた。

「最初のうちはね。私たちがアフリカから戻った頃《ころ》なんて、おじいちゃんのことしか目に入らないんじゃないかと思うくらい、べったりだったのよ。でもね、アーチボルトは心からあいつを信用したことはなかった。おじいちゃんの考えていることは正しかったわ」

「この家を出て行かなきゃいけないの？」心配になったアーサーが聞いた。

「そうなるかもしれないわ」心を痛めながらもマミーは本当のことを言った。

アーサーはこの知らせに打ちのめされた。この庭なしにどうやって毎日、過ごしたらいいんだろう。アーサーにとって、この庭はゲームそのものだ。庭にいる時だけが寂《さび》しさを紛《まぎ》らわすことができるというのに。なんとかして解決策を見つけなくては。

「ねえ、宝物は？　マタサライ族からプレゼントされたルビーは？」アーサーは期待に顔を輝《かがや》かせた。

「どこかにあるはずよ」マミーは庭を指さした。

「つまり……宝物はこの庭に埋《う》まってるってこと？」

「庭じゅう至るところを掘《ほ》り返してみたんだけれど、よっぽどじょうずに隠したんでしょうね。見つからないままなのよ」

アーサーはすくっと立ち上がり、壁《かべ》に立てかけてあったシャベルを摑《つか》むと、庭の中央に進み出た。

「何してるの？　アーサー」

「あのハゲタカがぼくらの家を盗《ぬす》もうとしているっていうのに、四十八時間、なんにもしないでいられると思うの？」アーサーはやる気満々の様子だ。「その宝物、ぼくがきっと見つけるよ！」

アーサーは草の生えた小さな一画に、ブルドーザーのようにシャベルをがつんと突っ込んだ。アルフレッドは新しいゲームが始まったのだと思い、嬉《うれ》しくなってわんわんと吠《ほ》えつつ声援《せいえん》を送った。

マミーの顔に思わず笑《え》みが広がった。「この子は、ほんとにおじいちゃんの生き写しだわ」

マミーはしみじみとそう思いながら膝《ひざ》を叩《たた》くと、ほこりが舞《ま》い上がった。よっこらしょと立ち上がり、おそらく着替《きが》えをするためだろう、家の中に入っていった。

三つ目の穴を掘り始めたアーサーのおでこには、すでに玉のような汗《あせ》が浮かんでいる。その時、シャベルが何かかたいものに当たった。アルフレッドが何か感じ取ったように吠え始めたので、アーサーは地面にしゃがみこんで、手を直接、穴につっこんだ。

「アルフレッド、もしおまえが宝物を見つけたら、世の中で最高の犬だぞ！」

しっぽをぶんぶん振《ふ》り回しているアルフレッドは飛行機に似ている。アルフレッドは大喜びした。手でさらに土を掘り返し、かたい物体を土の中からひっこぬいた。

当然だ、骨だったのだから。

「ふう、探してる宝物は、こんなもんじゃないんだぞ！　本物の宝物なんだ！」アーサーは叫《さけ》びながら骨を放《ほう》り投げて、また新しい穴を掘り始めた。

マミーは着替えを済ませ、顔に水をぱちゃぱちゃとかけてさっぱりすると、鏡に映った自分の顔をしばらく眺《なが》めた。長いこと心を痛めているせいか、憔悴《しょうすい》しきって年老いた顔。

これから先、どうやってしっかりと立っていけるのだろうと自問しているような顔。そんな顔を見るのが、マミーは自分でも辛《つら》かった。そして、ふーっと長いため息をもらすと、さっと髪《かみ》を整え、鏡の中の自分を励《はげ》ますように、にっこりとほほえみかけた。

アーチボルトの書斎《しょさい》の扉《とびら》がゆっくりと開いた。

マミーは数歩進んで立ち止まり、美術館のような部屋をしばらく見渡《みわた》すと、アフリカのお面を壁からそっと外した。アーチボルト。キャンバスの中でじっとして動かない夫の視線と目があった。

「ごめんなさいね、アーチボルト、でも、もう、こうするしか他《ほか》に方法がないの」

マミーは辛い思いをこらえながら夫に告げ、アフリカのお面を手に、伏《ふ》し目がちに書斎をあとにした。

アーサーは新しい穴を掘り終え、またしても骨を掘り出したところだ。アルフレッドは耳を垂らし、骨に気づかないふりをしていた。

「おまえ、肉屋を買い占《し》めたんじゃないか？　信じられないやつだな！」アーサーは腹が立って、犬にやつあたりをした。

マミーはアーサーに気づかれぬようにお面を新聞紙で包んで外へ出た。

「ちょ、ちょっと町に買い物に行ってくるわね」マミーは居心地《いごこち》悪そうに言った。

「一緒《いっしょ》に行こうか？」アーサーはいつもの習慣から、マミーを手伝うつもりで聞いた。

「いいのよ、ひとりで大丈夫《だいじょうぶ》！　庭を掘り続けていて。ひょっとしたら見つかるかもしれないものね」

マミーはそう言うと、大急ぎでおんぼろのシボレーに乗り込み、いつものように騒々《そうぞう》しくエンジンをかけると、発進させる前にアーサーに向かって大きな声で叫んだ。

「すぐに戻《もど》るから！」

車は土ぼこりをあげながら遠ざかって行った。

アーサーはマミーのあわてぶりに、しばしあっけに取られていたものの、義務感に呼び戻され、また土を掘り始めた。

4

マミーのおんぼろのシボレーが、街の目抜《めぬ》き通りをゆっくりと進んでいる。いつも買い物に行く、こぢんまりした商店街の様子とはまったく違《ちが》う。ここはまさに都会だ。美しく飾《かざ》られた店のショーウインドウが、街ゆく人々の好奇心《こうきしん》をそそっている。ここではすべてのものが美しく、大きく、豊かに見える。

車から降りると、マミーは街の景色の中で見劣《みおと》りしないように、背筋をぴんと伸《の》ばして歩き始めた。ある店の前まで来ると立ち止まり、バッグの中から一枚の名刺《めいし》を取り出し、住所があっていることを確かめた。ちいさな骨董屋《こっとうや》のようだ。ショーウインドウだけ見る限りでは広い店にはとても見えないのに、中に入ると、どこまで続いているのかと思うほど奥行きがある。ありとあらゆる種類、ありとあらゆる年代のオブジェや家具が、山のように積み重なっている。石でできた偽物《にせもの》のローマ時代の神々がメキシコの木製の本物のマリア像と隣《とな》り合わせに並び、陶《とう》の壺《つぼ》のあいだに古い化石が虐殺《ぎゃくさつ》を鼓舞《こぶ》するように置かれている。そうかと思うと、革《かわ》で装丁《そうてい》されている古書が、年代も言葉も違う現代の三文小説と仲良く並んでいる。

カウンターのうしろで、店の主人が新聞を読んでいる。骨董屋に見えなくもないけれど、どちらかというと欲の深い金貸しという雰囲気《ふんいき》だ。つまり、あまり信用できるタイプの男ではない。

ひとりの婦人が店に入ってきたというのに、新聞から目をあげようともせず、長年の習慣から機械的にひと言だけ発した。「何かお探しで？」

「恐《おそ》れ入ります」マミーはおずおずと名刺を見せながら言った。「しばらく前に、わが家に立ち寄られたことがあるんです……いつか古い家具や置物なんかを手放したくなったらぜひ、と言って……」

「ああ、そうかもしれませんな」骨董屋は少しあいまいに答えた。

おそらく村じゅうに何千という名刺を配って歩いているのだろう。そう考えれば、マミーのことを覚えていないとしても不思議ではない。

「それで、あの……個人のコレクションのものなんですが、ひとつお見せしたいものがあって」マミーはあせって口ごもりながら言った。「それで、あの、それが……価値があるものかどうか知りたくて」

主人はやっとのことで新聞を置き、ため息をひとつつくと、かったるそうにメガネを掛《か》けた。というのも、何の価値もないものに価値をつけることに一日を費《つい》やしているのだ。くるんであった新聞紙を外し、お面を取りだし、手に取って言った。

「何ですか、これは？　謝肉祭のマスクですか」

見たところ、お面の愛好者ではなさそうだ。

「いいえ、アフリカのお面です。これはマタサライ族の酋長《しゅうちょう》のものでした。この世にひとつしかないものです」

マミーは素敵《すてき》な想《おも》い出のつまった品を手放さなければならない辛さを隠《かく》しきれない様子で答えた。

興味を引かれた様子の骨董屋はきっぱりと言った。

「一ユーロ五十ですな」

関心を持たれなかったらマミーにとっては悲劇だが、それにしても安すぎる。マミーは息が止まりそうになった。

「一ユーロ五十ですって？　そんなばかな!!　他《ほか》に同じものがふたつとない品なんですよ、値段など付けようのない価値あるものだというのに……」

骨董屋は客の言葉を遮《さえぎ》って言った。

「一ユーロ八十。私が出せる最高の額です。この手のエキゾチックなオブジェは、このところあまり売れないんですわ。それより、実用的で現代的なものを欲しがる人が多いんですよ。申し訳ないが。他に何かお見せいただけるものは？」

マミーは少し戸惑《とまど》いながら答えた。「あります……あると思います。最近、よく売れるのはどんなものなのでしょうか」

「はっきり申し上げて……書物です」骨董屋は初めて笑《え》みを浮《う》かべた。

まるで炭坑《たんこう》を掘《ほ》り返したようなありさまとなった庭で、失望しきったアーサーはついにシャベルを投げ出した。それとは対照的にアルフレッドは、山のような骨を前に、大喜びしている。

アーサーは台所に行き、水道の水をコップ一杯《いっぱい》に注《つ》いで一気に飲み干した。そして大きなため息をつきながら、うつろな目で、すでに暗くなり始めた空を窓越《ご》しに眺《なが》めたあと、空っぽになったコップに再び水を注いだ。そして、マミーの部屋に行って天蓋《てんがい》のついたベッドの横に置いてある鍵《かぎ》をつかみ、祖父の書斎《しょさい》へ向かった。

書斎に入ると、アーサーは水のはいったコップをこぼさぬように、そろそろと歩きながら、ベネチアン・グラスのきれいなランプの明かりを点《つ》け、机の前に腰掛《こしか》けた。目の前にある、祖父の肖像画《しょうぞうが》は、微笑《ほほえ》んでいるものの、口はかたく閉《と》ざしたままだ。「おじいちゃん、見つけられないよ！」アーサーは悔《くや》しそうにつぶやいた。「ぼくらのために、何のメッセージも、何の手がかりも残さずに庭に隠したなんてウソでしょ？　そんなことするなんて、どうしても思えないんだ。おじいちゃんらしくないよ」

肖像画は相変わらず笑みをたたえているが、アーチボルトは答えてくれない。

「……それとも、ぼくの探し方が悪いのかな？」まだ自分の負けを認めたくないアーサーは自問した。

アーサーは机の上の本を一冊、手に取ると、丹念《たんねん》に調べ始めた。

何時間もかけて、アーサーはかたっぱしから次々と本をめくり続け、机の上に積み重ねていった。窓の外はすっかり日が暮れ、アーサーはからだじゅうが痛くなっていた。

最後に、ゆうべマミーが寝床《ねどこ》で読んでくれた本を開いた。マタサライ族の絵、そしてミニモイ族の絵のページをめくり、数ページ飛ばしてめくると恐ろしい絵が出てきた。胸がざわざわし始めた。それは、やせ細ったからだの、人間にも似た、不吉《ふきつ》な影《かげ》だった。顔にまったく表情はなく、ふたつの赤い点だけが目の代わりをしている。

足の先から頭のてっぺんまで、からだじゅうがぶるぶる震《ふる》えだした。アーサーの短い人生の中で、これほど醜《みにく》いものは見たことがなかった。絵の下に、手書きの文字が見える。

「悪魔《あくま》のマルタザール」

窓の外では暗がりの中、ハザードランプを煌々《こうこう》と照らしながらトラックが丘《おか》を滑《すべ》り降りてくる。月明かりに導かれながら、その車はアーサーの家へと続くジグザグの道に入り込んだ。

アーサーは、恐ろしいマルタザールの絵のことを一刻も早く忘れようと、あわててページをめくった。ミニモイ族の王女、セレニアの絵が目に入った。

ページをめくる手を止めて見入っていると、勇気がわいてくる。アーサーは思わず、指先で絵をなぞった。すると、そのページだけ、はがれそうになっていることに気づいた。

アーサーはもっと近くで王女を眺められるよう、思いきって、そのページを破ってしまうと、ていねいな言葉でささやいた。

「いつかお目にかかれることを楽しみにしています」

そして、扉《とびら》のところまで行って誰《だれ》もいないことを確かめると、さらに顔を絵に近づけた。

「お会いできる日を待つあいだ、せめて絵にそっとキスさせてください」

アーサーがやさしくキスをしている様子を見上げながら、横にいたアルフレッドがため息をもらした。

「やきもち焼くなよ」にやにやしながらアーサーは、犬のため息に答えたものの、アルフレッドはそれを無視した。

外で車を駐車《ちゅうしゃ》する音がした。おそらくマミーが帰ってきたのだろう。

アーサーが、セレニア王女のデッサンを何気なく裏返した。すると、顔がぱっと輝《かがや》いた。

「わかってたよ、絶対に、おじいちゃんは手がかりを残しているはずだって！」

その手がかりとはクレヨンで描《か》かれた地図だった。大急ぎで描かれたのか、少しぞんざいなデッサンだ。アーサーは添《そ》えられている文章を、声を出して読んでみた。

「ミニモイ族の国を訪《おとず》れるためには、シェイクスピアを信用することだ……シェイクスピア？　また知らない人が出てきた。誰だろう、この人」

アーサーは立ち上がり、位置を知るために地図をありとあらゆる方向に回してみた。

「家がここだから……北はこっちで……」

正しい方角を見つけたアーサーは、そのまま地図を窓辺まで持っていき、大急ぎで窓を開け、もう一度、地図をじっくりと眺めた。

地図は、アーサーが書斎の窓から見ている景色とまったく同じだった。

「大きな樫《かし》の木、こびとの置物、お月様……全部あるぞ！」アーサーは興奮して叫《さけ》んだ。

「見つけたぞ、アルフレッド！　見つけたぞ！」

アーサーは喜びをからだいっぱいにみなぎらせ、カンガルーのようにぴょんぴょんと飛び跳《は》ねた。このビッグニュースをマミーに伝えて喜びを分かち合おうと、大急ぎで書斎を出ようとすると、扉のところで見知らぬ男三人とばったり出くわした。骨董屋《こっとうや》とふたりの運送屋だ。

「おやおや、何をあわてているのかな、坊《ぼう》や」骨董屋はアーサーをやさしく押し戻《もど》した。

見知らぬ男が突然《とつぜん》、目の前に現れてびっくりさせられたものの、アーサーは直感的にセレニア王女と地図の描かれた一枚のページを背中に隠した。

男は廊下《ろうか》に戻ってマミーに声を掛けた。

「開いてましたよ、奥さん、しかも、人がいました！」

マミーが自分の寝室《しんしつ》から出て、書斎にやってきた。

「アーサー、ここで遊んではいけないって何度も言っているでしょう」

マミーは少しいらいらしながら言うと、アーサーを自分の方へ引き寄せ、骨董屋を書斎に通した。

「失礼しました。さあ、どうぞ、お入りください」

男は、見つけた死体が本当に死んでいるかどうかを確かめるハゲタカのごとき目つきで、自分の周りを見回しながら電卓《でんたく》のような笑みを浮かべた。

「お面より興味深いものがありますな」

不安になったアーサーが、そっとマミーの袖《そで》をひっぱった。「マミー、あの人たち、だれ？」

返答に困ったマミーは、もみ手をしながら勇気を出し、自分自身にも言い聞かせるような口調で答えた。

「それはその……この方たちは、だから、おじいちゃんの持ち物の価値を調べるためにいらしたのよ。だって、ほら、引っ越さなければならないとしたら、ここにある古い物も処分しなくちゃならないでしょう」

アーサーは唖然《あぜん》としてしまった。

「おじいちゃんの持ち物を売ってしまうの？」

マミーはためらいとも呵責《かしゃく》とも取れる時間を置くと、おおきくため息をついた。

「アーサー、そうするより他《ほか》に方法がなくなってしまうと思うのよ」

「方法ならあるよ！」アーサーはデッサンを見せながら反抗《はんこう》した。「見てよ！　宝物がどこにあるか、わかったんだ！　おじいちゃんはやっぱりメッセージを残していたんだよ！ほら、地図だよ！」

マミーは何の事やら、さっぱりわからなかった。

「それ、どこにあったの？」

「ずっと前から、ぼくたちのすぐ近くにあったんだよ。いつもマミーが寝床で読んでくれてる本の中にあったんだ！」

アーサーが興奮しながら伝えたものの、マミーはくたくたに疲《つか》れ果てているせいもあって、孫の幻想《げんそう》を信じることができない。

「それをすぐに元の場所に戻しなさい」

マミーの口調は厳しかったが、アーサーはあきらめなかった。

「マミー！　わかってないよ！　これはミニモイ族たちの所へ行くための地図なんだよ。ミニモイ族はすぐそこにいるんだ、この庭のどこかにだよ！　おじいちゃんがアフリカから連れてきたんだ！　もしミニモイ族たちの所にたどり着けたら、きっと宝物の隠《かく》してある場所に連れていってくれるはずだよ。ぼくらは助かったんだよ！」

マミーは自分が留守にしていた数時間のあいだに、この子は一体、どうしてしまったのだろうと自問した。

「遊んでいる場合じゃないのよ、アーサー。それを元に戻して、おとなしくしててちょうだい」

アーサーはがっくりと肩《かた》を落とした。すでに涙《なみだ》があふれ始めたつぶらな目で、マミーをじっと見つめた。

「マミーは信じないんだ、そうなんだね？　おじいちゃんがでたらめなことを言ってると思っているんでしょう？」

マミーは天井《てんじょう》を見あげ、アーサーの肩をやさしくなでながら言った。

「アーサー、あなたももう子供じゃないわ、そうでしょ？　ルビーの一杯《いっぱい》詰まったバッグを返すために、あなたがいつの日かやって来ることだけを待っている妖精《ようせい》たちが、庭のどこかに隠れていると本当に思うの？」

その時、骨董屋がぴくっと頭を動かした。美味《おい》しそうな匂《にお》いがして振《ふ》り返ったキツネのようだった。「何かおっしゃいましたかな？」

「いえ、何も。ただ孫と話していただけですわ」

骨董屋は何ごともなかったように、値踏《ねぶ》みをし続けながらも、たった今、絶対に興味深いことを耳にした、と確信している。

「もし宝石などお持ちでしたら、もちろん、私どもはお預かりできますんで」パンで鳩《はと》をおびきよせるような口調だ。

「残念ながら、今のところ宝石などありません！」マミーはきっぱりと答え、もう一度、アーサーを振り返って言った。「さあ、早くデッサンを元の場所に戻すのよ、さあ！」

アーサーがしぶしぶマミーの命令に従っているあいだ、骨董屋は、誕生日の飾《かざ》り付けのように机の上に吊《つる》してあるのぼりの言葉を読んでいた。

「言葉というのは、しばしば他の言葉を隠しているものだ。ウイリアム・S。ふむ、ソクラテスのSかな……」

男の無邪気《むじゃき》な発言を、マミーはすぐさま訂正《ていせい》した。

「いいえ、シェイクスピアのSですわ。ウイリアム・シェイクスピア」

マミーの言葉にピンと来たアーサーは、デッサンをもう一度手に取った。

「ああ？……そう遠くなかったな」骨董屋はつぶやいた
「確かに。ほんの二千年近く間違《まちが》えただけですわ」マミーは男をにらみつけながら、ぴしゃりと言った。

「ああ、時の流れはなんと早いことか！」

男は自分の無知を取り繕《つくろ》いたかったようだが、そんなことはどうでもいいマミーは苛《いら》だちを隠しきれない口調で言った。

「おっしゃる通りです。時はどんどん過ぎていきます。私の気持ちが変わらないうちに、早くお選びください」

「ここにあるものすべて、すべて持っていくぞ！」骨董屋がふたりの運送屋に向かって叫んだ。

マミーは声も出なかった。アーサーは地図の描《か》かれたデッサンとセレニア王女の絵をズボンのうしろのポケットにこっそりと隠そうとした。

「チッ！　チッ！　ずるはいけないぞ、坊や」男が探《さぐ》るような笑《え》みを浮《う》かべながらアーサーを咎《とが》めた。「すべて持っていくと言ったのが聞こえただろう？」

アーサーがいやいやながらもポケットから取り出した紙を受け取ると、男はすぐさま自分のポケットに押し込み、「よし、良《い》い子だ」と言ってアーサーの頭をぽんと叩《たた》いた。

手下のふたりが荷造りを始めた。数々の想《おも》い出が詰まった歳月《さいげつ》が遠ざかっていくのを寂《さび》しそうに見つめるマミーに見守られながら、家具やオブジェが次から次へと、恐《おそ》ろしい勢いで消えていく。

森が焼けただれて灰と化してしまうのと同じくらいやるせない光景だった。

体格は立派だが、ぬうぼうとした感じの運送屋のひとりがアーチボルトの肖像画《しょうぞうが》を壁《かべ》から外した。マミーは男が自分の前を通り過ぎようとした時、絵のはしっこをつかんできっぱりと言った。

「これはダメです！」

「店主が全部持っていくと言った！」マッチョな男は手を放そうとしない。

「私は、夫の肖像画を除いて『すべて』と言ったんです！」

初老の婦人から突然《とつぜん》、湧《わ》きあがった激しいエネルギーに驚《おどろ》いて、男は一瞬《いっしゅん》、身動きできなくなり、判断を求めようと雇《やと》い主の方を見た。骨董屋《こっとうや》はどうやら、婦人の怒《いか》りを鎮《しず》めた方が得策と考えているようだ。

「サイモン！　ご婦人のご主人をそっとしておくんだ！　その人がおまえに何か意地悪をしたわけじゃないだろう？」

骨董屋は冗談《じょうだん》を言って場を和《やわ》らげようとしながら絵を奪《うば》い取ると、マミーに差し出して言った。「どうぞ、やつを許してやってください。やつの知能は残念ながら筋力とは反比例しているんですわ。さあ、どうぞ取っておいてください」さらに図々《ずうずう》しくも、こう付け加えた。「マダム、これは店からの贈《おく》り物です」

大きく開かれた小型トラックの後部のトランクに、ふたりの運送屋が次々と段ボール箱を積み込んでいく。

アーサーは居間のソファにだらしなく寝そべって、玄関《げんかん》の戸口のところで骨董屋と値段の交渉《こうしょう》をしているマミーの様子を見ていた。男がお札を数え終わり、マミーの手に札束を渡《わた》した。

「三百ユーロ！　ちょうどきっかりだ！」骨董屋は誇《ほこ》らしげに告げた。

マミーは悲しげにその札束を見つめた。

「三十年の想い出が、こんなわずかなお金に変わってしまうなんて」

「これは内金ですよ」男は念を押すように言った。「もしすべてが売れた場合は、あなたに最低でも十パーセントの利益を支払《しはら》うんですから」

「……素晴《すば》らしいわ！」マミーは無理に喜んだふりをしながら答えた。

「十日後に大規模な骨董市が開かれることになっています。それまでに気が変わったら、いつでも引き取りに来てください」

「ご親切、ありがとうございます」

骨董屋を送り出すために扉《とびら》を開けると、目の前に、ふたりの巡査《じゅんさ》に伴《ともな》われたグレーのスーツを着た小柄《こがら》な男が立っていた。探偵《たんてい》でなくても、誰の目にも、スーツ姿の男が執行官《しっこうかん》だということは明らかだった。

「マダム・スショですね？」スーツ姿の男の口調は礼儀《れいぎ》正しいものではあるけれど、訪問の目的が不快なものであることは疑いようがなかった。

「そうですが？」マミーは不安を隠《かく》し切れずに答えた。

ふたりの巡査のうちのひとりが、マミーを安心させようと、友情のこもったしぐさをこっそりと送った。マミーがいつもスーパーに買い物に行くたびに顔を合わせるマルタンだ。

スーツ姿の男が続けた。

「私はフレデリック・ドゥ・サンクレールと申します。裁判所の執行官です」

骨董屋は、まずいことが起こりそうな気配を察し、一刻も早く立ち去るのが得策と判断したようだ。

「それではマダム、また近いうちに！　あなたと取引ができて、本当に光栄です」男はにこやかに言うと、さっさと車に乗り込んだ。

執行官の視線は自然と、マミーが手にしている札束に引き付けられた。

「ちょうどタイミングの良いところに参上したようですな」電気メーターよりなめらかな口調で言うと、書類を取り出して見せながら続けた。「ヴィクトール・エマニュエル・ダヴィド氏より、アーネスト業者が行った工事の未払い金の取り立てを依頼《いらい》されてきました。延滞《えんたい》の罰金《ばっきん》六パーセントを加算した百八十五ユーロと、さらに手続きの費用、しめて二百九十ユーロとなっています」

男の声にはいかなる交渉の余地も感じられなかった。

マミーは手元の札束に一瞬、目を落としてから、ロボットのように執行官に差し出した。

男は、口論ひとつせずに事が済んだことに少々戸惑《とまど》いながら、札束を受け取った。

「よろしいですか？」そう言うやいなや、目を疑うような敏速《びんそく》さで札束を数え始めた。

アーサーはソファからその光景をじっと見ていた。心配そうでも、驚いているようでもない。ただ、うんざりしていた。数時間前から、アーサーにはマミーが逃《に》げられない渦《うず》に巻き込まれていることがわかっていた。

「私の間違《まちが》いでなければ……三ユーロ、足りませんが」執行官が言った。

「そんな……三百ユーロ、確かにあったんですよ」マミーが驚いて言った。

「もう一度、数えてみますか？」男は確信に満ちた声で、ていねいに言った。

葬儀屋《そうぎや》が墓へ運ぶ遺体が本当に死んでいるかどうか間違えることがないのと同じくらいに、執行官が計算を間違える確率はほとんどない。

マミーは力無く頭を左右に振《ふ》りながら答えた。「いいえ、数え直す必要はありません……あなたの数えたとおりでしょう」

一方、夜道を走り去っていくトラックに乗った骨董屋はごきげんだ。

「ちょっとした商売がさっさとまとまって、良かった良かった」

ふたりの手下に向かってそう言うと、思い出したようにポケットに手を滑《すべ》らせた。

「あのチビが俺たちに隠そうとしたものを見てみようじゃないか」

男は、アーサーがいやいや差し出した紙を取り出し、くっくっと喜びをかみしめながら広げてみた。それは、スーパーの買い物をメモした紙切れだった。

5

居間でアーサーが紙を広げている。こっそりと、実に巧《たく》みにさし替《か》えておいた、セレニア王女と、その裏には地図の描《か》かれた紙だ。アーサーは、最後の希望を託《たく》すように、王女の顔を指でなぞった。

執行官は仕事を続けている。

「わずかな金額とはいえ、法律は法律です。三ユーロに見合う財産の差し押さえを実行します」

執行官というのは、闘犬《とうけん》とよく似ている。敵をいったんつかんだら決して放さないところや、苦しんでいる者に対する冷ややかなほほえみかたも、そっくりだ。

心優《やさ》しい巡査のマルタンは、今こそ自分がふたりのあいだに入るべきだと感じた。

「ちょっと待ってください。残りの金額は本当にわずかなものです。二、三日くらい待ってあげてもかまわないでしょう？」

執行官は少し困惑《こんわく》しているようだ。

「私もそうしたいところですが……しかし借金の返済は全額、しかも、ただちに履行《りこう》されなければならないことになっています。もしこの法に従わないと、私が罰せられることになります」

「わかります。どうぞ、仕事を続けてくださいな」

善良なマミーは素直《すなお》な気持ちからそう言うと、執行官を部屋に導き入れようとした。

執行官はバツの悪そうな顔をして、家の中に入るのをためらったが、それは一瞬《いっしゅん》のことだった。しかし、中へ入ろうとしたところを、再び、マルタン巡査が止めに入った。

「待ってください！」マルタンは自分の財布《さいふ》を取り出した。

「さあ……ここに三ユーロあります。これで全額になるでしょう！」

お金を差し出された執行官はますますバツが悪くなった。

「こ、これでは、正式の手続きとは言えないが、しかし……状況《じょうきょう》を鑑《かんが》みて、認めることにしよう」

マミーは泣き出したい気持ちになったが、ぐっと涙《なみだ》をこらえた。

「ありがとうございます……お金が入りしだい……すぐにお返しします」

「ご心配なく、マダム・スショ。ご主人が戻《もど》れば、問題は解決するでしょう。私はそうなると確信していますよ」

マルタン巡査の言葉には、真の優しさが感じられた。

「このご恩は決して忘れません」マミーは彼の思いやりある視線に支えられ、胸を熱くしながら答えた。

巡査は執行官の肩《かた》に手を置いて言った。

「さあ、今日はもう十分に働きましたね。そろそろ引き上げましょう」

執行官は素直にその言葉に従った。

マミーは扉《とびら》を閉めると、しばらく茫然《ぼうぜん》として立ちすくんでいた。

アーサーのすぐ横で電話が鳴った。いつもなら元気良く飛びつくアーサーだが、どうでもよさそうに受話器を取った。

「もしもし、アーサーね？　ママよ！　元気にしてる？」

受話器の向こうから母親の声が流れてきた。

「最高だよ！」アーサーはわざとらしい口調で答えた。「マミーもぼくも、めちゃくちゃ元気だよ」

居間に戻ってきたマミーが、孫に向かって大きく手振《てぶ》りをしてみせた。つまり、母親には何も言ってはだめよ、という意味だ。

「今日はどんなことをしたの？」母親からの電話は、いつもこの質問から始まる。

「片づけだよ！」アーサーがふてくされたように答えた。「役に立たないものがたくさんあって、家の中に積み重ねておくなんて、ばからしいからさ。でも、マミーのおかげで全部、捨てたよ！」

「アーサー、やめてちょうだい、ママやパパを慌《あわ》てさせないで！」

マミーがアーサーの耳元でささやいた。しかし、アーサーはマミーの期待以上のことをしてのけた。受話器を置いてしまったのだ。

「ちょっと、アーサー？　ママと話している最中に、そんな切り方していいと思ってるの？」マミーは眉《まゆ》をひそめた。

「ぼくが切ったんじゃないよ。ひとりでに切れちゃったんだよ！」すでに階段に向かいながらアーサーが答えた。

「どこ行くの？　ここで待っていなさいよ、ママがすぐにかけ直してくるわよ」

アーサーは階段の途中《とちゅう》で立ち止まって、マミーの顔をしげしげと見ながら言った。

「電話線が切られたんだよ、マミー。何が起こってるかわからないの？　ぼくたち、罠《わな》にかかってるんだ。時間が経《た》つに連れて、罠はどんどん、きつくなっていく。でも、ぼくは、あんなやつらのされるままになんかならないよ。ぼくの目の黒いうちは、この家は渡《わた》さないからな！」

最後の言葉は、おそらく冒険《ぼうけん》映画か何かを観《み》ながら覚えたのだろう。それにしても、良く言ったものだ。アーサーは向きを変えると、胸を張って階段をのぼっていった。これで帽子《ぼうし》を被《かぶ》っていたら、ちょっとしたインディ・ジョーンズだ。

マミーは受話器を取って耳にあててみた。確かに、線が切られている。

「多分、一時的に切断されたのね、雷《かみなり》の時にはよく起こることだわ」

「雨だって、もうひと月も前から降ってないよ」

アーサーが階段の上から叫《さけ》んだその時、扉を叩《たた》く音がした。

「ほらね、きっと修理の人よ」

マミーが自分を安心させるように言いながら急いで扉を開けると、作業着姿の技術者が立っていた。

「こんばんは」技術者は帽子の縁《ふち》に指を添《そ》えながら挨拶《あいさつ》した。

「ちょうどいい所に来てくれたわ！　電話線が切られてしまったところなんです。それにしても、前もって知らせてくれるというのが礼儀《れいぎ》というものじゃないかしらねえ」

「おっしゃるとおりです、マダム」技術者はマミーの言葉に同意した。「でも、ぼくは電話線の修理のために伺《うかが》ったのではありません、電気会社の者です」

技術者は胸についているワッペンを見せた。

「……まさしく、前もってお知らせに来たんです。電気代が未払《みばら》いになっているため、もうしばらくしたら電気が止められるということを……」

彼もまた、通告の書かれた書類を取り出した。マミーは通告文書のコレクションができそうだ。

アーサーは書斎《しょさい》に入った。祖父の机と椅子《いす》だけがぽつんと残された、がらんとした部屋を見渡していると、アーサーはあらためて悔《くや》しい思いで胸がいっぱいになった。

椅子に腰掛《こしか》け、絹ののぼりを見つめた。こののぼりも、骨董屋《こっとうや》が価値なしと判断して置いていった、いつくかのオブジェの中のひとつだった。

「言葉というのは、しばしば他《ほか》の言葉を隠《かく》しているものだ」

アーサーは声を出して読んでみた。

謎《なぞ》はすぐそこにある、アーサーの目の前に。アーサーにもそれはわかっていた。

「助けてよ、おじいちゃん。言葉が他の言葉を隠しているなら、この言葉に隠されている謎はなんなの？」

アーサーがどんなに、祖父の肖像画《しょうぞうが》を見つめながら尋《たず》ねても、絵はじっとしたまま動かない。

マミーは渡された青い紙を読み終え、技術者に戻した。

「それで……電気はいつ止められてしまうんですか？」マミーが開き直って聞いた。

「おそらく……すぐだと思います」

技術者がそう言い終わるや、家じゅうの電気がぱたっと消えた。

「本当ね、早かったわ」マミーは慌てることもなく、冷静に振る舞《ま》った。「ここでお待ちください、今、ろうそくを点《つ》けますので」

書斎にいるアーサーも机の中に入っていたマッチをすって、ろうそくに火を点けた。砂《さ》漠《ばく》の中のオアシスのように、暗闇《くらやみ》の中に、ちいさな光のボールがぼっと浮《う》かび上がった。

その明かりを机の上に置いて、謎を解く鍵《かぎ》であるのぼりの文字がよく見えるように、アーサーは机から少し離《はな》れてみた。

「頭よ、冴《さ》えてくれ！」自分に挑戦《ちょうせん》するようにアーサーは言った。

「言葉は……隠す……他の言葉を」

のぼりのやや後ろに置かれたろうそくの明かりが、絹の布を透《す》かしてみせている。その時、ふっと、ひらめいた。ろうそくを手に取って椅子に乗り、のぼりのすぐ後ろに明かりを持っていった。すると突然《とつぜん》、あぶりだしのように布から言葉が浮き上がってきた。まさしく、言葉が他の言葉を隠していたのだ。アーサーの顔がぱっと輝《かがや》いた。

「あったりまえだよ！」

胸が張り裂《さ》けそうになるほどの喜びを、アーサーはぐっと抑《おさ》えた。というのも、時間が迫《せま》っているのだ。アーサーはろうそくの明かりを移動させながら、次々と浮かび上がってくる文字を目で追った。文章を読んでいると、きしんだ声が聞こえてくるような気がした。まるで、書斎に祖父が戻ってきて話しているようだった。

『かわいいアーサー、おまえのことは信頼《しんらい》できると、おじいちゃんは確信していたよ。おまえなら、このなぞなぞをきっと解けるとね』

「簡単じゃなかったけどね」アーサーは顔をしかめながら、その声に答えるように言った。

祖父の声がまた響《ひび》いた。

『これほど利口になっているということは、おまえももうすぐ十歳になる頃《ころ》なのだろう。それに比べて、わしはあまり抜《ぬ》け目《め》なく振る舞えなかった、というのも、もしおまえがこれを読んでいるとしたら、わしは恐《おそ》らく死んでいるということだから』

アーサーは一瞬《いっしゅん》、ろうそくをつかんでいる手を止めた。祖父をこんなにも身近に感じているというのに、亡くなっているかもしれないなんて！　アーサーは、そんなことは想像さえしたくなかった。

『というわけで、わしに任された使命を引き継《つ》ぐのは、おまえの役目だ。もちろん、おまえが引き受けてくれるなら、の話だが』

アーサーはあらためて肖像画を見た。祖父が自分をそれほどまでに信用してくれていると思うと、ちいさな胸がふくらんだ。

「引き受けるよ、おじいちゃん」アーサーは厳《おごそ》かな口調で言い、すぐさま、のぼりに隠された文字を読む作業に戻った。

『おじいちゃんが期待していたとおりだよ、アーサー。おまえは本当にわしの誇《ほこ》りの孫だ』

アーサーは祖父の洞察力《どうさつりょく》に驚《おどろ》きながらほほえんだ。

「ありがとう」

文章は続いていた。『ミニモイ族と合流するには、次に王国への扉《とびら》が開かれる日にちを知っていなければならない。一年に一日しかない。それを知るためには、書棚《しょだな》のうえのカレンダーを見てその年の十番目の満月を数えるんだ。十番目の月の夜、深夜十二時ぴったりに、ミニモイ族の国に向けて光が開かれる』

アーサーは自分の目を疑った。想像していた通りだったのだ。

隠された宝物、ミニモイ族……そしてセレニア王女。アーサーはため息をもらし、落ち着きを取り戻すと、書棚のカレンダーを手に取った。

幸い、カレンダーにも骨董屋は興味がなかったようだ。

アーサーは大急ぎでページをめくり、満月の日を探した。

「七、八、九……十!」

アーサーはその月が当てはまる日を見た。

「七月三十一日? てことは……今日じゃないか! しかも十歳になったばかりだよ! ラッキーな印にきまってるよ!」

アーサーは壁《かべ》に掛《か》かっている時計を見た。十一時三十六分を指している。

「十二時までに二十分しかない!」

ろうそくの明かりのもと、マミーは技術者がにこやかに差し出した紙にサインをしたところだった。

「ピンクの紙はあなたにお渡《わた》しして、ブルーの紙は私が持ち帰ります。ピンクは女の子に、ブルーは男の子に」

彼は冗談《じょうだん》を言おうとしたのだけれど、失敗に終わった。マミーは笑うどころか、石のように顔を強《こわ》ばらせていた。

「ふたたび電気を通すには、朝九時から夕方六時のあいだにセンターに来ていただければいいことです。もちろん、支払いの小切手をお持ちになって……」

「もちろんね……。それにしても、どうしてこんな遅くまで働いていらっしゃるの？　午後六時はもうとっくに過ぎているのに」

「私にしても、楽しいわけはありません。ですが、オフィスから言い渡されたことですから」技術者も素直《すなお》に言った。「なにがなんでも今夜のうちにお宅に伺うよう言われたんです。そのために、私に対して、いつもの三倍もの時間給が支払われたほどです。GEDの中に、あなたのことを恨《うら》んでいる者がいるようですが」

「GED？」

「ジェネラル・エレクトリック・ダヴィドですよ」

「ああ！　それで良くわかりました」マミーはため息をつきながら言った。すると、突然、上の階から壁を叩く音がした。

技術者は心配そうな顔をして、再び、冗談を言おうと試みた。

「どうやら、残業をしているのは私だけではなさそうですね」

「いいえ、幽霊《ゆうれい》たちがいるのよ」マミーは疑いの余地を与《あた》えない、きっぱりとした口調で返した。「この家には幽霊がたくさんいるんです。あなたは早くお引き取りになった方がいいわ。ここの幽霊たちは制服が大嫌《だいきら》いなの」

技術者は自分の姿を上から下まで見下ろした。まさに、全身、制服以外のなにものでもない。苦笑いをすると、まさかと思いながらも、庭の方へ後ずさりし始めた。

「冗談がお上手ですね。ではでは、失礼することにします！」

ろうそくの明かりが届かない場所まで歩くと、彼は急いで車まで走った。

マミーはほほえみながら扉を閉め、金槌《かなづち》の音がどこから来るのか探《さぐ》ろうと上を見上げた。

6

アーサーは夢中になって金槌《かなづち》で壁《かべ》を叩《たた》き続けた。

「二十八、二十九……三十！」

ひと息つき、再び、力を込《こ》めて叩くと、壁にはめこんであった板がはがれ、その板が半回転して、ちいさな隠《かく》し場所が現れた。

アーサーはその穴に手を滑《すべ》り込ませて一枚の紙を摑《つか》みだし、はやる気持ちで畳《たた》んであった紙を広げた。

『ブラボー！　二番目の謎《なぞ》が解けたね。そして、この紙に三番目で最後の謎を解く鍵《かぎ》が書かれている。まずは古いヒーターだ。ノブを右へ、おまえの名前のアルファベットの数だけ回す。そして回した分の四分の一戻《もど》す』

アーサーは窓辺に駆《か》け寄り、古いヒーターの前にひざまずき、ノブを摑んで回し始めた。

「アーサー、A……R……T……H……U……R……！」

間違《まちが》えている余裕《よゆう》はない。アーサーは神経をノブに集中させた。

「で、今度は四分の一左へ戻す！」

両手をこすりあわせ、まるで、最悪の事態にそなえるように大きく息を吸いこんだ。

ところが本当に最悪の事態がやってきてしまった。マミーが書斎《しょさい》に入ってきたのだ。アーサーは跳《と》び上がった。

「一体、何してるの？　金槌の音はなんだったの？」マミーは不吉《ふきつ》な一日がなかなか終わらないことに苛立《いらだ》っている。

「お、おじいちゃんの古いヒーターを修理してるんだよ」アーサーは口ごもりながら返した。

「こんな真夜中に？　しかも、真夏に？」マミーは、こんな嘘《うそ》にひっかかるもんですか、とでも言いたげに、しかし、驚《おどろ》きながら言った。

すぐさまアーサーは反論した。「いつ寒くなるか、わからないじゃないか。突然《とつぜん》、冬がやってくることもあるって、そういつも言ってるのはマミーだよ」

「そうね、確かにそう言ってるわよ。でもね、それは十一月の話でしょ。それにね、もうすぐ十二時よ。とっくに寝《ね》ていていい時間なのよ。第一、百回も繰《く》り返し言ってることだけれど、この部屋に入ってほしくないんだけど！」

「どうしてさ？　もう、なんにもないじゃないか！」

アーサーの発言は的外《まとはず》れではなかった。マミーも確かに自分の言い分がすでに筋がとおらないことはわかっていながら、それでも言い張った。

「確かにね、目に見える物はないわ……でも、想《おも》い出はつまってるの。あなたに邪魔《じゃま》されたくないのよ」

マミーは日めくりカレンダーに近寄り、翌日の八月一日のページが出るように、七月三十一日のページを破った。そして破ったページを、「あなたのいない日々」と書かれている、ちいさな箱の中に置いた。積み重ねられたページの山は、マミーの寂《さび》しさの分量をそのまま物語っているようだ。

「さあさ、自分の部屋に戻りなさい！」

アーサーがしぶしぶマミーの言いつけに従っているあいだに、マミーは書斎に鍵をかけ、いったん自分の寝室《しんしつ》へ行って鍵をいつもの場所にかけた。

そして孫の様子を見に行くと、アーサーはすでにパジャマに着替《きが》えていた。

マミーが布団《ふとん》を持ち上げるとアーサーは何も言わずにベッドにすべりこんだ。

「ちょっとだけお話を聞かせてあげるわ、でも、五分だけよ」マミーは埋《う》め合わせをするつもりで、やさしく言った。

「今夜はいいよ、疲《つか》れちゃった」アーサーはそう言い返して目を閉じた。マミーは少し驚いたものの、繰り返しはしなかった。

マミーがろうそくを持って出ていくと、部屋は月明かりだけに照らされた。扉《とびら》がばたんと閉まると、アーサーは弓のようにぴんっと起きあがった。

「今こそ闘《たたか》いの時だ、アーサー！」勇気を奮い立たせようとアーサーは自分に活を入れた。扉を少しだけ開け、耳を澄《す》ませると、シャワーの音が聞こえてきた。マミーは残り少なくなった熱いお湯でシャワーを浴びているのだろう。

アーサーはマミーの部屋に忍《しの》び込んだ。湯気のおかげで、わずかに開いた浴室の扉は見えない。音を立てかねない床《ゆか》に注意しつつ、つま先立ちで足音をしのばせながらゆっくりと進んだ。天蓋《てんがい》つきのベッドまでたどりつき、ちいさな腕《うで》をせいいっぱい伸《の》ばし、やっとのことで鍵に手が届いた。浴室をにらみつけながらアーサーは自分の部屋に戻るために、扉の方に後ずさりした。

ところが、まずいことに何かにぶつかってしまった。その何かは、物ではなく誰《だれ》か、だった。もちろん、マミーだ。抜《ぬ》け目《め》のなさはスショ家の血かもしれないが、マミーとアーサーのあいだには五十年分もの経験の差がある。

「びっくりしたじゃないか！……マ、マミー……シャワーを浴びていたんじゃなかったの」

「いいえ。よく眠《ねむ》れるようにブランデーを飲もうと思って、居間に取りに行っていたのよ」マミーはちいさな瓶《びん》を見せながら言った。「もしこの瓶の中身ぜんぶを飲まされたくなかったら、急いでベッドに戻りなさい」

部屋へ急ごうとするアーサーの手の中からマミーはすかさず鍵をもぎとり、ため息をつきながら鍵を釘《くぎ》に吊《つる》してから、孫の部屋へ様子を見に行った。

ろうそくの火をかざしてみると、アーサーはベッドにもぐりこんで、布団をあごまですっぽりと被《かぶ》っていた。

「もう寝なきゃだめよ。もうすぐ十二時になるのよ」

「わかってるよ！」

アーサーは時間が刻々と過ぎていくというのに、それを自由に使えないことでパニック状態に陥《おちい》っていた。何も知らないマミーは、やさしく言った。

「ドアに鍵を掛《か》けておくわよ。そうすれば、どんな誘惑《ゆうわく》にも負けずにすむでしょう」

最悪の事態にますますせっぱつまったアーサーが唾《つば》を飲み込むと、ごくりという音がベッドの中で響《ひび》いた。でも、マミーの耳にまでは届かなかった。マミーはじゃあね、おやすみ、と言って微笑《ほほえ》むと、ドアに鍵を掛けた。

アーサーは布団を払いのけ、がばっと起きあがった。窓からの逃亡はすでに計画してあった。脱出用《だっしゅつよう》のロープがわりに、シーツと毛布はつないである。あとは窓から吊すだけだ。アーサーは窓のへりをまたぎ、その場しのぎの布のはしごにつかまり、そろそろと降りた。

ようやくベッドに落ちついたマミーはベッドの脇《わき》に置いてあるちいさなテーブルのうえにろうそくを置いた。かすかな明かりでも、古い目覚まし時計の針は読めた。十二時十五分前だ。この明かりのおかげで、ちいさな瓶から水の入ったコップに注がれるブランデーの量も見える。マミーは三滴《てき》だけ垂らし、一気に飲み干した。そしてテーブルにメガネを置き、横になって、眠りが訪《おとず》れるのを待った。

シーツのはしごは地面まで届かせるにはあまりに短かすぎた。アーサーは手を離《はな》し飛び降り、尻餅《しりもち》をついて着地すると、すぐさま起きあがって、玄関《げんかん》の方に向かって走った。アーサーの姿を見つけたアルフレッドは飛び起きた。玄関を見張ることにかけては誰にも負けないプライドを持っているアルフレッドにしてみると、自分のご主人とはいえ、どうしたら自分の目をすり抜けて、こんな魔法《まほう》のようなことをやってのけられたのだろうと不思議でならなかった。

扉はもちろん閉まっているので、アーサーは犬用にくり抜いてある開き戸から入り込んだ。アルフレッドにとっては、驚《おど》きに次ぐ驚きだった。だって自分のご主人が四つんばいになって、しかも自分専用の入り口を使っているのだから。

アーサーは即座《そくざ》に考えて、音を立てないよう、スリッパがわりのパタンに足をのせて居間を横切った。カチカチと音を立てながら時間を刻んでいる柱時計が十一時四十九分を指している。

階段はすんなりと上ることができた。しかし、マミーの寝室の前に到着《とうちゃく》したところで込み入った事態となった。マミーも扉に鍵《かぎ》を掛けていたのだ。

「くそっ！」考える時間はあと数分しかない。

まずは鍵穴から中を覗《のぞ》きこみ、書斎の鍵がいつもの釘に掛かっていることを確認《かくにん》した。唯一《ゆいいつ》のグッドニュースだ。

「どうすればいいか考えろ、アーサー、考えろ、アーサー！」そう頭の中で繰り返しながら、扉から少し離れて、どんなささいなことでもいいからヒントをつかめないものかと、祈《いの》るような気持ちで、自分のまわりを良く観察した。

すると、扉の上についている屋根窓の一角が割れていることに気づいた。

アーサーはその割れ目に望みを託《たく》すことにして、懐中電灯《かいちゅう》を点《つ》けてガレージへ一目散に向かった。

ガレージの重い扉を開けるや、すぐさま作業台の上に乗り、壁に整然と掛かっている釣《つ》り竿《ざお》の一本を外した。

アルフレッドはご主人が釣り竿を持って通り過ぎるのを見て、またしてもびっくり仰天《ぎょうてん》してしまった。一体、こんな時間に何を釣りに行くのだろう？

アーサーは今度は台所に行って、食器棚《だな》にはり付けてある磁石を見つけると、その磁石のうしろにスイスナイフを滑《すべ》り込ませ、外すことに成功した。

マミーの部屋の扉へ向かいながら、アーサーはその磁石を釣り竿の先端《せんたん》に注意深くくりつけた。

頭いいなあ！　何を釣るのか、しかも家の中で何が釣れるのか想像もつかなかったが、アルフレッドはアーサーの巧妙《こうみょう》さに思わずうなった。

音を立てないように注意しつつ、しかし素早《すばや》く、アーサーは屋根窓の割れた部分に楽に手が届くよう、低いテーブルの上に椅子《いす》を置いた。そして急場しのぎの足場に慎重《しんちょう》に乗ると、釣り竿をガラスの割れ目に滑り込ませた。アルフレッドはひたすら首をかしげながら眺《なが》めていた。というのも、一度として、マミーの寝室《しんしつ》に川が流れているのを見たことがなかったからだ。アーサーはゆっくり釣り竿を部屋の中に押し入れ、磁石をつけた先端の部分を釘に掛かった鍵へ向けて伸ばした。

ご主人が何をしているのか、はっきりと見極《みきわ》めたくなったアルフレッドが足場の方に近寄った。当然のことながら、床板がみしみしときしんで音を立てた。

アーサーはあわてふためいたが、じっと我慢《がまん》した。磁石がマミーの寝室でゆらゆらと揺《ゆ》れ、ブランデーの入ったちいさな瓶に触《ふ》れた。その衝撃《しょうげき》で瓶が傾き、ブランデーが水の入ったコップにしたたり始めた。

「ん？　アーサーなの？」マミーは半分寝《ね》ぼけたままからだを起こした。

アーサーは身じろぎひとつせずに、ひたすらアルフレッドが同じことを繰《く》り返さないことを祈った。

アルフレッドも凍《こお》り付いたように動かなかったが、しっぽだけはかすかに左右に揺れていた。マミーは耳を澄ませてみたが、庭からコオロギと蛙《かえる》の鳴き声が聞こえてくるだけだった。何も警戒《けいかい》するようなことはなさそうだが、この静寂《せいじゃく》はあまりに完璧《かんぺき》すぎて信用できない気がした。

マミーはメガネを掛けたものの、ブランデーが水のコップにしたたり続けているのには気づかなかった。扉《とびら》を開け、階段の方、つまり、左の方を見た。アルフレッドが廊下《ろうか》の真ん中で、きょとんとした顔でしっぽを振《ふ》っている。扉の反対側で足場に乗ったまま、釣り竿を手に、凍り付いたようにじっとしているアーサーの姿は視界に入らなかった。アルフレッドには、まだ状況《じょうきょう》は理解できなかったけれど、とにかくここは笑ってすませようと決めた。

「あんたも、いいかげんに寝なさいよ！」

犬はしっぽを両後ろ脚《あし》のあいだに片づけると、急いで階段を降りた。マミーの命令口調の言葉は理解できたのだ。

「どうして、みんな、今夜は寝たがらないのかしら？　満月のせいかしらねえ？」

マミーは静かに扉を閉めながら思った。

アーサーはやっとのことで息をついた。マミーに見つからなかったのは奇跡《きせき》といってもいい。

マミーはメガネを外し、ベッドの横のテーブルに置いた。そして、ブランデーの瓶の中身が注ぎ込まれているとは知らずに、水のコップを手に取ると、しかめっつらをしながら一気に飲み干した。効果はすぐさま表れた。マミーは布団《ふとん》の中に入る余裕《よゆう》もないまま、ばたん、とベッドに倒れ込んでしまったのだ。

アーサーが釣り竿を持ち直し、再び穴から通そうとしていると、マミーがすでにいびきをかき始めた。アーサーはほっとしながら磁石を鍵に向かって伸ばした。ところが釘《くぎ》は泥《どろ》棒《ぼう》に協力したくないようで、かなり抵抗《ていこう》した。アーサーは顔をしかめ、体をよじらせながら釘との決闘《けっとう》に挑《いど》んだ。

いったんは退散したアルフレッドだったが、釣りがどんな具合になっているか、どうしても知りたくて、また階段をそっと上ってきた。そして、足場の上で体をくねくねさせながら奮闘しているアーサーに近寄った。まずいことに、さきほどとまったく同じ進路で寄ってきた。つまり、ちょうど床がゆがんでいる部分だ。もちろん床はきしみ、その拍子《ひょうし》に足場にしている低いテーブルがずれて、もともと不安定だったバランスを失った。

「うそだろう！」アーサーは思わず声を出した。

足場は、まるでトランプでこしらえたお城のように、がらがらと音を立てて崩《くず》れた。アルフレッドはあわてて逃《に》げ出した。

アーサーの頭が、大震災《だいしんさい》から生き延びた者のように、椅子の瓦礫《がれき》のあいだからひょっこりと現れた。この大惨事《だいさんじ》の衝撃で、マミーの部屋の扉が開いた。確かに、さっき起きだしてきた時、マミーは鍵を掛けなかったのだ。

アーサーは首だけ部屋へつっこんで、マミーがベッドになだれこむようにしていびきをかきながら、ぐっすりと眠っていることを確かめた。

「あんなにすごい音で起きないなんて、どうしたんだろう？」

自分にとって都合がいいとはいえ、少し心配になったアーサーは、ベッドに近寄って、マミーが無事かどうかを確かめた。こんなにいびきをかいているということは、もちろん、生きているという証拠《しょうこ》だ。

しかし、アーサーはちいさな瓶《びん》が倒れていることに気づき、何が起こったのかを理解した。

アーサーは布団を持ち上げて、マミーの体のうえにそっと掛けた。ぐっすり眠《ねむ》っているせいか、マミーの顔は三十歳くらい若返ったように見えた。

「マミー、良《い》い夢を見てね」アーサーはそう言うと、書斎の鍵をつかんで次なる行動へと急いだ。

7

アーサーはあらためてろうそくに火を灯《とも》し、古いヒーターの操作に取りかかった。

「左へ……四分の一回転させてと」

ノブをしっかりつかみ、祖父の指示どおりに回すと、騒々《そうぞう》しい音と共に、ヒーターが壁《かべ》から外れ、さきほどよりずっと大きな秘密の隠《かく》し場所が現れた。革製《かわ》のトランクを隠しておくのに十分な大きさだ。

アーサーはほこりだらけのトランクを部屋の真ん中までひきずりだした。トランクの中には、赤いビロードの箱にしまわれた見事な革製の望遠鏡と、箱の横には望遠鏡を支える三脚《さんきゃく》も入っていた。

さらにトランクの内側の仕切りのうえには、アフリカのちいさな像が五体、横一列に整然と並んでいる。礼装した五人のボゴ・マタサライ族だ。

アーサーは胸をわくわくさせながら祖父の宝物を眺めた。何から手をつけたらいいのだろう。

まずは札のついている鍵《かぎ》を手に取った。札には『常に肌身《はだみ》離《はな》さず持っていること』と書いてある。アーサーはすぐさま、その鍵をポケットの中にしまった。その次に、羊の皮をなめした紙を広げてみると、それは庭の樫《かし》の木の周辺の簡単な地図で、紙のはしっこに次のような指示が書かれている。

『庭のこびとの置物をずらすと、その下は空洞《くうどう》になっている。その穴に、頭の方を下にして望遠鏡を滑《すべ》り込ませること。次に、星の形をした敷物《しきもの》を広げ、先っぽのとがった部分にアフリカの像を一体ずつ置くこと』

けっこう簡単そうだ。アーサーは指示を頭に叩《たた》き込み、望遠鏡をつかむと三脚を両腕《りょううで》で抱《かか》えるようにして部屋を出た。

居間を通り抜《ぬ》けながら時計を見ると、針は十一時五十一分を指していた。「光の扉」を開けるまでに九分しかない。アーサーはこれから何が待ち受けているのか、その扉がどんな扉なのかまったく想像はつかないものの、大役を任されたことに興奮しながら、祖父の指示に従った。

まん丸で大きな満月の晩ではあるけれど、月明かりだけでは庭の様子はあまり良く見えない。

「明かりが必要だ」

アーサーは自分のあとを付いて回っているアルフレッドに向かって言うと、ぼろぼろのシボレーに駆《か》け寄り、運転席に陣取《じんど》った。

日よけの下に隠してあるキーを見つけだし、エンジンの掛《か》け方を思い出そうと一瞬《いっしゅん》、考えた。その顔を、アルフレッドが不安げにじっと見つめている。

「どうして、そんな目で見るんだよ。マミーが発進させるのを百回以上は見てるんだ。まかせとけって」

キーを回すと、いつものように、大きなしゃっくりを繰《く》り返しながらエンジンが掛かった。車もこんな真夜中にたたき起こされることには慣れていないのだ。アーサーはヘッドライトを点《つ》けることにも成功した。ところが、車の位置が悪くて、樫の木にはまったく明かりが当たらない。車を動かすしかない。アーサーは大きく息を吸い込んで、意を決した。マミーがいつもしているように、ギアを一速に入れ、アクセルをおそるおそる踏《ふ》んでみた。が、車は動きたくないようだ。

「ああ、サイドブレーキだよ、ばっかだなあ!!」

間違《まちが》いに気づいた嬉《うれ》しさから、勢いよくレバーをおろすと、車は突然《とつぜん》、跳《は》ねるようにして飛び出した。アーサーは叫《さけ》び声をあげ、ちいさな手で巨大《きょだい》なハンドルを握《にぎ》りしめた。そして、サイドボードすれすれの高さから前方に必死で目をこらしながら、家のまわりを走り始めた車をできるだけコントロールしようとがんばった。立ちはだかる木々はなんとか避《よ》けられたものの、洗濯物《せんたくもの》が掛かったままの物干しに激突《げきとつ》してしまった。ぎゃー!! すっぽりとシーツに包まれた車は、木綿《もめん》の布ごしに黄色い光を発しながら進んでいった。巨大な目をした、これぞまさしく幽霊《ゆうれい》だ。アルフレッドはあわてふためいて逃《に》げ出した。うなり声をあげながら幽霊が駆けめぐっているというのに、マミーはブランデーのせいで、相変わらず、いびきをかきながらぐっすりと眠り込んでいる。車はやっとのことで、アーサーと同じくらい若い木に衝突《しょうとつ》して止まった。

しかし不幸中の幸いというのはこういうことだ。ヘッドライトの明かりは、庭のこびとをしっかりと照らしていた。

アーサーは石膏《せっこう》でできたこびとに向かってダッシュすると、「ごめん!」と言いながら土からはぎとった。こびとの置物の下は確かに空洞になっていた。そんなに大きくはないものの、かなり深そうだ。地図に書かれていた通り、望遠鏡を頭の方を下にして穴に滑り込ませた。それにしても、と一瞬、考えてしまった。こんな作業でどうやって「光の扉」を開けることができるのだろう。でも、まごついている暇《ひま》はない。

「ここで見張っててくれ」アルフレッドに命令すると、アーサーは一目散に駆けだした。

アルフレッドもご主人と同じくらいまごついた表情で、望遠鏡を見張っている。

アーサーはトランクの底にあった重い敷物を取り出し、肩《かた》にかついだ。そして階段の手すりに載せて滑らせ、一目散に駆け下りて、床《ゆか》に着地する直前に、みごと敷物をキャッチ。居間の大時計は、無情にも刻々と時を刻んでおり、今は十一時五十七分を指している。アーサーは望遠鏡をぐるりと囲む形で敷物を広げた。芝生《しばふ》の上に置かれた巨大な星は、空から見下ろしたら、きっときれいだろう。

「あとは人形だ」

アーサーはまたしてもダッシュで二階に駆け上がると、トランクの中から陶《とう》でできた五体の人形を取り出し、細心の注意を払《はら》いつつ階段に向かった。今度は一段ずつ、ゆっくりゆっくり下りた。絶対に壊《こわ》しちゃだめだ、だって、この人形たちにこそ、きっと魔力《まりょく》が潜《ひそ》んでいるに違いない。

外でご主人のいいつけを守っていたアルフレッドは、ガソリンが切れてきたせいで黄色い目がぼんやりし始めた幽霊にしだいに慣れてきた。ところが突然、耳をぴんとそばだて、低い声でうなり始めた。ヘッドライトの明かりの中に、なにやら影《かげ》のようなものが現れたのだ。幽霊よりさらに巨大な、幽霊よりずっとおそろしいシルエットだ。

身の危険を感じたアルフレッドは、一目散に自分専用のちいさな扉《とびら》にダッシュして家の中に逃げ込み、居間を横切って、アフリカの人形を腕にかかえたご主人の足元に滑り込んだ。

「や、やめろ!!」アーサーは叫んだものの、転倒《てんとう》は免《まぬが》れなかった。アーサーは腹這《はらば》いに倒《たお》れ込み、人形は一瞬、宙を舞《ま》ったのち、床に落下した。床の上で粉々になっている人形の光景は見るに耐《た》えないものだった。時計は二十三時五十九分を指している。アーサーは絶望的な気持ちになった。

「ゴールぎりぎりで失敗するなんて、そんなのなしだよ!」

アーサーは愕然《がくぜん》としてしまい、床から起きあがる元気もなければ階段のうしろに、申し訳なさそうな顔をして隠れている犬を叱《しか》りつける気力さえなかった。

なんとか肘《ひじ》をついて起きあがろうとした瞬間、ひとつの影が家に向かって迫《せま》ってくるのが見えた。一体、なんだろうと頭だけわずかに持ちあげてみると、とてつもなく大きな影が五つも近づいてくる。玄関《げんかん》をくぐりぬけるのにからだをかがめなければならないほど巨大だ。

アーサーは口をぽかんと開けたまま、おそるおそる、懐中《かいちゅう》電灯のスイッチを入れてみた。

ちいさな明かりが映し出したのは、なんと、民族衣装《いしょう》をまとったマタサライ族の戦士だった。ゆったりした長衣をまといい宝石やお守りをいたるところにつけ、ちいさな貝殻《かいがら》でできたような髪《かみ》をして、手には槍《やり》を持っている。

二メートル十五センチはある長身の男は酋長《しゅうちょう》にふさわしい気高い雰囲気《ふんいき》だ。四人の仲間たちも、ほとんど同じくらい背が高い。

自分が庭のこびとより小さくなってしまったような気分のアーサーは声も出なかった。

戦士はポケットから紙を取り出し、ていねいに広げ「……アーサー？」とだけ、ぽつんと言った。

アーサーは何が起こっているのか信じられず、ただ、はい、とうなずいた。マタサライ族の酋長がアーサーにほほえみながら言った。

「時間が迫っている、さあ急ぐんだ！」

くるりと踵《きびす》を返し、家から出て庭へ向かい始めた酋長のあとを、アーサーは魔術にでもかけられたように、恐怖《きょうふ》も忘れて追った。ひとりで階段の下に残るのは怖《こわ》すぎるのだろうアルフレッドも、あわてて、ご主人のあとを追った。

五人のアフリカ人は星の形をした敷物の各先端《せんたん》にそれぞれ陣取った。ちょうど人形を置くように指示されていた位置だ。

自分は中央に立つべきだと理解したアーサーは、望遠鏡の横に立った。

「あなたたちは……来ないんですか？」

アーサーの不安に酋長はすぐさま答えた。

「ひとりしか通れない。我々の中で、そのひとりに最もふさわしいのは君だ。M……悪魔と闘《たたか》いに行くのは」

「M……って、マルタザールのこと?」

アーサーは思い出したくもない例の恐《おそ》ろしいデッサンのことを考えながら聞いた。すると、五人の戦士が一斉《いっせい》に「しーっ!」と指を口元に当てた。

「向こうに行ったら、その名は決して口にしてはいけない、絶対、絶対に。口にすると不《ふ》吉《きっ》なことが起こる」

「わかりました。絶対に口にしません。M……M……」

アーサーはそう繰り返しながら、胸の中で不安がおおきくなっていくのがわかった。

「きみの祖父が闘いを挑《いど》んだ相手だ。そして、彼の意志を継《つ》いで使命を果たしに行くのがきみに課せられた役割だ」戦士は厳《おごそ》かに告げた。

アーサーはごくりと唾《つば》を飲み込んだ。そんな大変な仕事をするのはいくらなんでも不可能に思えた。

「使命を任されたのは嬉しいけれど……あなたたちのうちの誰《だれ》かがぼくの代わりに行った方がいいんじゃないかと……。あなたたちの方がぼくよりずっと強そうだし!」

「きみの謙虚《けんきょ》な気持ちはよくわかる。しかし、強さというのは、きみの心の中にあるんだよ、アーサー。きみの心はどんな武器より強いんだ」

「え？」アーサーは戦士の言葉の意味がよくわからなかった。「そうかもしれないけど……でも、まだ、ぼく小さいし」

マサライ族の酋長はにっこりと笑った。

「もうすぐきみは今の何百分の一も小さくなる。そして、きみの力はますます大きくなるんだ」

居間の大時計が深夜十二時を告げ始めた。

「さあ、時間だ、アーサー」戦士はそう言いながら指示の書かれた紙を差し出した。

アーサーは受け取った紙を、手を震《ふる》わせながら読み始めた。そうしているあいだも、大時計はぼん、ぼん、と時を告げている。

望遠鏡に三つのリングがついている。アーサーはひとつめのリングをつかんだ。

「ひとつめの輪、それは肉体の輪、刻み目を三つ右へ回す」

アーサーは不安な気持ちを抑《おさ》えながら指示を読み、はらはらしながら実行した。

何も起こらない。居間からは四つ目の時計の音が聞こえてきた。

アーサーはふたつめのリングをつかんだ。

「ふたつめの輪、それは精神の輪……刻み目を三つ左へ回す」

ひとつめのリングより、ずっとかたい。

時計の鐘《かね》は九つ目を打った。

アフリカの酋長は月を見上げ、ちいさな雲が近づいているのを不安げに見つめた。

「急ぐんだ、アーサー！」

アーサーはみっつめで最後のリングをつかんだ。

「みっつめの輪、これは魂《たましい》の輪……三百六十度回す」

アーサーは大きく息を吸い込み、リングを回し始めた。時計の鐘は十一回目を打った。

酋長の不安が的中して、雲が月をゆっくりと覆《おお》い始めた。そしてついに、あたりはすっかり暗くなってしまった。アーサーはリングを回し終え、みっつめのリングも定位置におさまった。そしてついに十二回目の振《ふ》り子の音が十二時になったことを告げた。

何も起こらない。マタサライ族の五人は黙《だま》ったまま、じっとしている。

風さえも、じっと待機しているようだ。

不安で胸がはちきれそうになったアーサーは、月をにらみつけるように見上げている戦士たちに目をやった。実際、月は灰色の雲に覆われ、よく見えなくなっている。しかし、風が救いの手を差し伸《の》べてくれた。雲がゆっくりと離れていったのだ。少しずつ月光が明るさを増してきたかと思ったら、突然、強烈《きょうれつ》な光線が夜の闇《やみ》を引き裂《さ》いた。月と望遠鏡を結びつけるような閃光《せんこう》だ。

ほんの一瞬だったものの、あまりの衝撃《しょうげき》にアーサーは尻餅《しりもち》をついてしまった。そして再び沈黙《ちんもく》が訪《おとず》れた。何も変わった様子はなかった。戦士たちの笑顔《えがお》を除いては。

「光の扉が開いた！」酋長が誇《ほこ》らしげに告げた。「姿を見せてよろしい」

アーサーはやっとのことで立ち上がった。「……姿を見せる？」

「そうだ。自信を持って臨《のぞ》むんだ。扉は五分間しか開いていない！」

アーサーはやる気を起こそうと試みたが、でも、この新たな使命をまったく理解できなかった。望遠鏡に近づき、中を覗《のぞ》いてみた。

たいしたものは見えない。ぼんやりと、茶色のかたまりが見えるだけだ。良く見えるようにレンズを回してみると、わずかに光の当たったくぼみが見えた。しばらく目をこらしているとイメージがはっきりしてきた。すると突然、レンズの向こうに、梯子《はしご》のようなものが置かれた。

アーサーは自分の目を疑った。レンズから顔を離《はな》し、自分の周りを見まわしてみた。いや、錯覚《さっかく》じゃない。確かにレンズの端《はし》っこに、おそらく一ミリにも満たない梯子が掛《か》かっている。

アーサーは再び、レンズを覗《のぞ》き込んだ。すると、まるで誰かが登ってくるように、梯子がかすかに揺《ゆ》れている。

アーサーが息を潜《ひそ》めていると、男の子の姿が梯子の先に現れ、ちいさな手を巨大《きよだい》なレンズの上に置いた。

ミニモイ人だ。

驚《おどろ》き以上の衝撃を受けているアーサーは思わずつぶやいた。「うそみたいだ……」

ミニモイの少年も、レンズの反対側にぼんやりと見えているものの正体を確かめようとして、ひさしのついた帽子《ぼうし》に両手をかざしている。

ぴんと立った耳、真っ黒なビー玉のような目、そばかすのあるほっぺた。つまり、めちゃくちゃ、かわいい。彼の名はベタメッシュ。

8

ミニモイの少年は、それが何かを突《つ》き止めた。彼の考えでは、どうやら巨大な目のようだ。

「アーチボルト？」おずおずと尋《たず》ねた。

アーサーはますます仰天《ぎょうてん》してしまった。このちいさな生き物は、なんと言葉が話せるのだ。

「えっと……違《ちが》うけど」

「自己紹介《しょうかい》するんだ」マタサライの戦士がアーサーに声を掛けた。

アーサーは戦士の言葉にはっとして正気にかえり、自分に課せられた使命と、与《あた》えられている時間を思い出した。

「ぼ……ぼくは、アーチボルトの孫で、で……アーサーです」

「こんなふうに光線を使うには、それなりの理由があるといいんだけど、アーサー。というのも、国会で厳しく禁止されているんだ。緊急《きんきゅう》の場合を除いてはね」

「ものすごく緊急なんです！」アーサーは雷鳴《らいめい》のような声をとどろかせながら訴《うった》えた。

「この庭が破壊《はかい》されてしまうんです、すっかりからかんになってしまうんです。二日も経《た》たないうちに、何もかもなくなってしまうんです！　庭も、それに家も……つまり、ミニモイ族も……」

「なにを言ってるんだい？　きみもおじいさんと同じ、ひょうきん者なのかい？」

ベタメッシュはアーサーの言葉に少しあわてながらも、不安をかき消したくて言った。

「冗談《じょうだん》なんかじゃないんです。建設業者がビルを建てるために、この家も庭もすべて取り壊《こわ》そうとしているんです！」アーサーは必死になって説明した。

「ビル？」ベタメッシュは怯《おび》えたような声で聞いた。「ビルってなに？」

「庭じゅうを覆《おお》いつくしてしまう、コンクリートでできた大きな家のことです」

「そんな恐《おそ》ろしいこと！」

「そう、本当に恐ろしいことなんです！」アーサーはさらに強調した。「それを防ぐ唯一《ゆいいつ》の方法、それはおじいちゃんが庭に隠《かく》した宝物を見つけることなんです。宝物が見つかれば、それを売ったお金で建設業者に払《はら》える……そうすれば、何も起こらずにすむんです！」

ベタメッシュはアーサーの考えに賛同したようだった。

「よし、わかった！　完璧《かんぺき》だ！　最高のアイデアだ！」

「……その宝物を見つけるためには、ぼくがきみの世界に入り込まないといけないんだ！」アーサーは、大切なポイントだけに、声を大きくして叫《さけ》んだ。

「ほんと!?　でも、それは無理だ！」ベタメッシュはきっぱりと言い切った。「そう簡単には入れないんだよ！　審議《しんぎ》会《かい》を開いて、みんなに問題を説明し、その後、彼らがよくよく話し合いをして、そして……」

アーサーはベタメッシュの言葉をさえぎって強調した。

「二日後にはよくよく話し合うことなんてできなくなるんだよ。だって、国会もなくなるし、第一、きみたちみんな、死んでしまうんだから！」

ベタメッシュは凍《こお》り付いたように動かなくなった。状況《じょうきょう》の深刻さを理解したのだ。

アーサーは自分の言っていることがおおげさすぎないかどうか、確認《かくにん》するようにアフリカの酋長《しゅうちょう》をちらっと見た。

酋長は親指を立ててみせた。良くやった、という印だ。

「きみの名前はなんと言うの？」アーサーは片方の目で望遠鏡を覗《のぞ》きながら聞いた。

「ベタメッシュ」アーサーは厳《おごそ》かな声を出して言った。「きみの民族の将来は、きみの手に託《たく》されているんだ」

「……ベタメッシュだよ」

責任の重大性にあわてふためき、ミニモイの少年は何か捜《さが》し物でもするように、自分のまわりをきょろきょろと見回した。

「そうだ、もちろん。ぼくの手に託されてる。行動に移さなければ」

ちいさい声で繰《く》り返しながら、あまりに体をばたばたさせたものだから、ついに彼は梯《はし》子《ご》から落ちてしまった。

「国会に予告しなければ！　でも、もう王位継承《けいしょう》の儀式《ぎしき》が始まっている時間だ！　邪魔《じゃま》をしたら、ぼくはリンチされることになるよ！」ベタメッシュは大声で独り言を言った。解決策を探している時には、彼はいつもこうなってしまうのだ。

「急ぐんだ、ベタメッシュ！　時間がないんだ」アーサーも叫んだ。

「もちろん。ぐずぐずしてられないぞ」ミニモイの少年も、ますますあわてふためきながら繰り返した。

くるくると回っているうちにめまいがして一瞬《いっしゅん》、立ち止まったかと思うと、ベタメッシュは自分の背丈《せたけ》とほとんど変わらない高さの、もぐらのトンネルのような細長い通路を駆《か》けだした。

「王はきっとぼくのことを誇《ほこ》りに思うはずだ！　でも、儀式を台無しにすることになっちゃうよなあ……きっと怒られるだろうなあ！」

ベタメッシュはそう繰り返しながらトンネルを大急ぎで走った。


地上ではボゴ・マタサライ族の酋長がアーサーの横にきて、にっこりとほほえんで言った。「良くがんばったね、アーサー」

「あれで彼らを説得できたらいいんだけど」アーサーはまだ不安げだ。

トンネルをダッシュで駆け抜《ぬ》けると、ベタメッシュは自分の町にたどり着いた。木、葉っぱ、絡《から》み合った根っこ、きのこ、乾燥《かんそう》した花々でできた家がたくさん建っており、ところどころで、根っこを編んだものが家と家をつなぐ狭《せま》い橋の役割をしている。

ベタメッシュは大きな通りに入った。この時間はひとっこひとりいない。それだけに、建物がよく見える。ちょっとバロック調で、完璧にエコロジーの世界だ。自然に存在するものすべてを使ってこしらえたパッチワークのようだ。乾《かわ》いた土でできた壁《かべ》もあれば、たんぽぽの茎《くき》を編んでこしらえた囲いもある。

ほとんどの家の屋根は枯《か》れ葉でできているが、木のくずをかわらのかわりに使っている家もある。家と家の仕切りとなる石垣《いしがき》は、松ぼっくりの鱗片《りんぺん》だ。

ベタメッシュは、街灯がわりに均等に植えられている、光の花の明かりに照らされながら、大通りを突進《とっしん》した。

通りの突き当たりが国会の会場だ。ローマ時代の階段劇場のように地面がくりぬかれており、その半分が王宮に面している。ミニモイ族全員が大集合しているようだ。王のいる場所にたどり着くには、この群衆をかき分けていかなければならない。ベタメッシュはひっきりなしに謝りながら、肘《ひじ》で人混《ひとご》みを押し分けて進み、アリーナの端《はし》にたどり着いた。

「ああ参ったなあ。儀式の真っ最中だ。殺されるよ!!」誰《だれ》にも聞こえないよう、彼は小声でつぶやいた。

中央のがらんと開かれた場所には、魔法の剣《けん》が刺《さ》さった賢者《けんじゃ》の石が置かれている。いくつもの紋章《もんしょう》が繊細《せんさい》に刻まれた見事な剣だが、半分しか見えない。もう半分は石の中に埋《うず》まっているのだ。その剣の前に、ひとりのミニモイが聖なる石に向かって頭《こうべ》を垂れ、地面にひざまずいている。

石の陰《かげ》に隠れて顔は見えないが、身につけているものから察するに、戦士のひとりのようだ。ふくらはぎまで届くひものサンダルをはき、ベルトには、ネズミの歯でできた短剣とうもろこしの種の皮の巾着《きんちゃく》を下げている。

間違いない。戦士だ。

「まずいなあ、ほんとに真っ最中だ！」ベタメッシュはますます心配になった。

王宮の扉《とびら》が、うやうやしく開かれた。王宮の正面部分の大半を占《し》めるほど大きな扉だ。なまりのように重いこの扉を開けるには、最低でも四人のミニモイが必要だ。照明担当のふたりのミニモイが先に出てきた。ベニスのカーニバルで見かけるような、金色のひもで編んだ、けばけばしい配色の制服を着ている。頭には透明《とうめい》なボールのような帽子《ぼうし》を被《かぶ》っているが、帽子の中には蛍《ほたる》が入っている。

ふたりが歩を進めるにしたがって、まるで懐中《かいちゅう》電灯でも持っているように、道筋を次々と照らしだしていく。ふたりは演壇《えんだん》の両側に立ち、そのまま少し進んで、王のために道を空けた。

王は重々しいゆったりした足取りでやってきた。他《ほか》のミニモイたちに比べて圧倒的《あっとうてき》に背が高い。まるで子供とおとなのような差がある。

異常に太い腕《うで》はふくらはぎまで届くほど長い。シロクマを思わせるような真っ白な毛皮を着て、その毛皮と混じりあってしまうような白い大きなあごひげをたくわえている。

顔だけでは年がわからないものの、少なくとも百歳は超《こ》えているだろう。頭の大きさは、からだの他の部分と比較《ひかく》すると、極端《きょくたん》にちいさい。さらに愉快《ゆかい》なのは、その頭が鈴《すず》のついた巨大《きょだい》な帽子に埋《う》まっていることだ。

王が演壇の近くまで歩み寄った。国会の中でも位の高い人々と思われる者たちが王から数歩下がったところに控《ひか》えており、そのうちのひとりだけが王に寄り添《そ》うようにして付き添っている。モグラのミロだ。彼の衣装《いしょう》は中世の時代を思わせる。

ミロは鼻面《はなづら》にちいさなメガネを掛《か》け、どうみても心配げな顔だ。

王がずんぐりした長い腕をあげると、聴衆《ちょうしゅう》は拍手《はくしゅ》を送った。

「誇り高き人民よ！」しわがれているものの、力強い声で王が演説を始めた。「我々の祖先が必要に迫られ、引き起こしてきた戦争は、不幸と破壊《はかい》しかもたらさなかった」

そこまで言うと、辛《つら》い時代のあいだに亡《な》くなったすべての人々の記憶《きおく》を刻みつけるように、ひと息おいてから、さらに続けた。

「そこで賢明にも、ある日、彼らはもう二度と戦争を繰り返さないと決意し、権力の剣を石に埋めてしまった」

王は大きなしぐさで、賢者の石に埋まっている剣と、先程《さきほど》からずっとひざまずいている戦士を指さした。

「この剣はもう二度と使われることがあってはならない。問題を平和的に解決する手助けをするためだけに存在する」

王の気持ちに同調しながら演説に聴《き》き入っている群衆の中で、ただひとりベタメッシュだけが自分に課された使命のために興奮しきっていた。

王は演説を続けた。

「我々の祖先は建造物の足元にこう記している。いつか我々の地が征服者《せいふくしゃ》によって脅《おびや》かされるような不幸に見舞《みま》われた日には、憎しみでも復讐《ふくしゅう》でもなく、純粋《じゅんすい》に正義のためであれば、魔法の剣を取り出し、闘《たたか》いに挑《いど》んでよいと」

王は悲しみのこもった長いため息をつくと、先を続けた。「残念なことに……その日が来てしまった」

群衆のあいだに不安が広まり、心配を口にするざわめきが起こった。

「我々のスパイが仕入れてきた情報によると……M、つまり悪魔《あくま》が我々の土地に膨大《ぼうだい》な数の軍隊を送り込もうとしているそうだ」

群衆の不安は一瞬にして恐怖《きょうふ》に変わった。M、この最初の文字が発音されるだけで十分だった。もし、うっかりとでも誰かが、その名前を最後まで口にしてしまったら、とんでもないパニックになることは皆《みな》、承知しているのだ。

「討議《とうぎ》しようではないか！」王が、言いたい放題の楽しい会を始めるように手振りで言った。その様子は国会というより、魚屋の集まる市場に似ていた。

「まだ続くのかな?」ベタメッシュは心配になって聞くと、王の護衛は少年にかがみこむようにして答えた。

「当たり前ですよ! まだ始まったばかりですよ! 王の演説がすんだら、賢者の演説、軍隊の配備、王の承認《しょうにん》、そのあとは……立食パーティの始まりです!」護衛はそう言うと食いしん坊《ぼう》の笑みを浮かべた。

ベタメッシュは茫然《ぼうぜん》としてしまった。勇気を奮い起こそうとしているのか、無意識のうちに、手足がばたばたしている。

「人民よ! 一分さえ、時間を無駄《むだ》にはできない!」静粛《せいしゅく》を促《うなが》すように、王は叫んだ。

「その通りだ!」王の言葉をしのぐような勢いでベタメッシュが言った。「一分さえ、無駄にできない!」

王は、相変わらず、うやうやしく剣の前にかしずいている戦士の方へ数歩、歩み寄った。

「事態は深刻だ。公式儀礼《ぎれい》は打ち切って、この危険な使命を担《にな》うにふさわしい人物に、ただちに称号《しょうごう》を与えるとしよう」

そう言いながら、さらに歩を進めると、ふと表情が和《やわ》らぎ、頬《ほお》が赤らんだ。王は優《やさ》しい声で告げた。

「数日後、この人物こそが、私の王位を継承《けいしょう》することになる……もちろん、セレニア王女、私の娘《むすめ》のことだ……」

王は子供のような笑《え》みを浮《う》かべながら、ひざまずいた戦士の方へ、愛情を込《こ》めて長太い両腕を差し伸《の》べた。

石の陰に隠《かく》れていた戦士は、少女だった。ゆっくりと立ち上がると、天使のような顔が現れた。紫色《むらさきいろ》を帯びて輝《かがや》く、ぼさぼさの赤い髪《かみ》が、アーモンド形の切れ長の目と素晴《すば》らしくマッチしている。

王女はまだ幼いからだを戦士にふさわしいものに見せようとして精一杯《せいいっぱい》胸を張っているものの、優雅《ゆうが》さのほうが優《まさ》っている。白雪姫《しらゆきひめ》より色白で、シンデレラよりも美しく、眠《ねむ》れる森の美女と同じくらい気品がある。しかし、ロビン・フッドよりもいたずらっこのようでもある。

王は誇《ほこ》らしい気持ちを隠し切れなかった。このかわいらしい少女が自分の娘だと思うだけで、顔が赤らんでしまうのだった。

群衆は賞賛の印の拍手を送った。セレニアの魅力《みりょく》が賞賛の空気を自然と運んできたのだ。

ただひとり、ベタメッシュだけは、こうしたすべてのことに、まったく心を動かされていないようだ。

「勇気を出すんだ、ベタメッシュ！」彼は自分にはっぱをかけた。

王が娘のすぐ横に立ち、厳《おごそ》かに言った。「セレニア王女、祖先の志がそなたをお導きくださいますよう」

セレニアが剣《けん》の方にゆっくりと両腕を伸《の》ばし、柄《つか》に手を置こうとしたその時、群衆をかき分けながら、ベタメッシュが叫《さけ》んだ。

「パパ！」

セレニアは剣から手を離《はな》し、いらいらして地面をけり、歯ぎしりしながら、吐《は》き出すように言った。「ベタメッシュのやつ！」

このような厳かな式典のあいだに、ばかなまねをしでかすことができるのは弟しかいない。

王は目を泳がせて息子《むすこ》を探した。

「ここだよ、パパ！」ベタメッシュは、かんかんに怒《おこ》っている姉の横まで来ていた。

「わざとこんなことをしているの？　おどけて見せる前に、少し待てなかったの？」

「ぼくには、すごく大事な使命があるんだ」ベタメッシュが法王のように真剣に反抗《はんこう》した。

「ものすごく深刻なんだ」

「はあ？　てことは、私の使命はそんなに大切じゃないってこと？　呪《のろ》いのM……と闘いに行くために、魔法の剣を取り出さなくてはならないのよ！」

ベタメッシュは肩《かた》をすくめて見せた。

「石から剣を抜《ぬ》き取るには、セレニアは傲慢《ごうまん》すぎるよ、自分だってわかってるくせに！」

「ははん、なんでも知ってる坊《ぼっ》ちゃん！」と姉は気を悪くして反撃《はんげき》に出た。「ひょっとして、焼き餅《もち》をやいているんじゃない？」

「全然！」ベタメッシュは、鼻をつんと空へ向けながら答えた。

「よしよし、ふたりとも姉弟《きょうだい》げんかはよしなさい！」王がふたりの子供のあいだに割って入った。「ベタメッシュ、これは大事な儀式なんだ。こんなふうに騒《さわ》ぎ立てるには、それなりの理由があってのことだろうな？」

「はい、父上。光の扉《とびら》が今日、開かれました」

群衆のあいだに、再び、ざわめきが起こった。

「誰《だれ》がそんなことをした？」

巨大《きょだい》なからだからテノールの声を出して叫んだ王に、ベタメッシュはさらに近づき、おずおずとした口調で告げた。

「あの、アーサーという少年です。ほらあの、アーチボルトの孫です」

観衆の心があわだった。アーチボルトという名前がそれぞれの記憶《きおく》に蘇《よみがえ》ってきたのだ。

王は戸惑《とまど》いながら息子に尋《たず》ねた。

「で……その、アーサーという少年は、何をしたいというんだ？」

「国会で話がしたいそうです。アーサーが言うには、大きな不幸がぼくらに降り掛《か》かろうとしている。ぼくらを救えるのは、アーサーだけだと」

観衆は沸《わ》き立った。パニック寸前だ。

セレニアが弟を腕《うで》で押しのけ、王の前に立ちはだかった。

「私たちの大きな不幸は呪いのMです。アーサーとかいう少年のことなど、どうでもいいことです。私、セレニアが一族を守る役目を背負っているんです」

そう言うと王の返事も待たずに、セレニアはくるりと向きを変えて、剣に直進した。優雅なしぐさで剣の柄に手を置くと、抜き出そうと力を込めた。

しかし、こうした作業には優雅さはあまり役に立たない。剣は一ミリたりとも動こうとしない。今度は両手を使って力を込めた。それでも、びくともしない。武器は石に埋《うず》まったままだ。

セレニアは脚《あし》をふんばり、顔をしかめ、うなり声をあげ、からだをよじらせて頑張《がんば》った。

結果は同じだった。群衆は困惑《こんわく》した。王の目にも戸惑いが表れていた。心底絶望し、少し心配しているようにも見える。

くたくたになってしまったセレニアはしばらく手を止めて、呼吸を整えた。

「ほらね、傲慢すぎるからだよ。ぼくの言ったとおりだ！」ベタメッシュが横を通り過ぎざま言い放った。

「うるさいわね！」セレニアは弟に近寄り、両手を前につきだし、弟を絞《し》め殺すような真似をした。

「セレニア！　よしなさい！」父親が叫ぶと、セレニアは思いとどまった。

「わしのかわいい娘よ、申し訳ないが」と父親は愛情を込めて言った。「おまえが自分の一族をどれほど愛しているかはわかっている。だが……おまえの心は、あまりに憎《にく》しみと復讐心《ふくしゅうしん》に満ちている」

「そんなことないわ、父上！」セレニアは涙《なみだ》を浮かべながら抵抗《ていこう》した。「ただ……ただ、ベタメッシュがいらいらさせるから！　一分待ってください。気持ちが落ち着けば、きっと剣を抜き出せます」

王は娘を見つめた。王には今はまだ娘が剣を抜けるとは思えなかった。怒《いか》りのために娘が分別を失っているという事実を、娘の気持ちを傷つけずに、どうやって伝えることができるだろう。

「もし、今、目の前に呪いのMがいたとしたら、どうするかな?」

王のさりげない問いに、セレニアは表に出したくてたまらない憎しみを抑《おさ》えながら答えた。

「彼が受けて当然のやり方で、彼を扱《あつか》います」

「つまり?」王はセレニアを挑発《ちょうはつ》するように、さらに質問を重ねた。

「つ……つまり、彼を、クズのようなあいつの首を絞めてやります! あいつが犯《おか》した罪と、私たちに押しつけた不幸の仕返しとして……」

セレニアは自分が罠《わな》にかかったことに気づいた。

「残念だが、おまえはまだ心の準備ができていない。剣は正義に突《つ》き動かされた手によってしか反応しない。復讐心のあるうちは、びくともしないんだ」

「それじゃあ、どうするんです? あのワラジ虫のしたいようにさせておくんですか? 私たちの世界を略奪《りゃくだつ》し、私たちをいけにえにし、皆殺しにしようとしているのに? 何も言わないんですか? 何もしないんですか?」

セレニアは観衆を証人にしていた。観衆もざわめき始めた。幼い王女の言葉には、確かに真実がある。

「誰が私たちを救ってくれるんですか⁉」セレニアはそう叫んで締《し》めくくった。

「アーサーだよ！」ベタメッシュが興奮しながら答えた。「アーサーはぼくらの、たったひとつ残された希望なんだよ」

セレニアはあきれて天をあおいだ。王は考えた。観衆は自問している。

評議員たちが話し合い、王に向けて前向きなサインをだした。

「状況《じょうきょう》を考え……さらに、アーチボルトに敬意を払《はら》い、国会はこの少年の話を聞くことにする」

ベタメッシュが喜びの叫び声をあげているあいだ、セレニアはいつものように、ぷんぷん、むくれ始めた。

群衆は沸き立った。どんでん返しが起こると、いつもそうなるように。

「ミロ？　連結の用意をしなさい」

王に命じられ、ちいさなモグラは、ただちに、弓形のコントロールセンターに飛び乗った。ありとあらゆる種類のレバーやスイッチが並んでいる。ミロはまず、そろばんを使って素早《すばや》く何やら数字をはじきだすと、二十一番のレバーを引いた。すると、まるで車からサイドミラーがにょきっと出てくるように、絡《から》みあう根っこに縁取《ふちど》られた巨大な鏡が壁《かべ》からせり出してきた。続いて二番目の鏡がただちに現れ、最初の鏡に映るイメージを映し出している。三番目の鏡は天井《てんじょう》から現れた。

ミロが次々とつまみやレバーを連動させていくと、ミニモイ族の町、長いトンネル、地上から差し込まれたままの望遠鏡へとつながる部屋と、すべての景色を映し出す鏡が至るところから現れた。鏡は全部で五十はあるようだ。

ミロは両手を使って、もうひとつのレバーを作動させた。植物のようなものが天井から降りてきたかと思うと、まるで朝露《あさつゆ》で花が開くように、黄色、赤、青、緑の、光を放つ四つの球が現れた。そしてゆっくりと横一列に並び、しまいには白い完璧《かんぺき》な光を生み出した。まるで、鏡が運んできたイメージを忠実に再生しようとしている、大きな映写機のように。あとは画面さえあれば完璧だ。ミロは唯一《ゆいいつ》、ビロードの布で覆《おお》われたスイッチを押した。巨大な画面が突然《とつぜん》、天井からするすると降りてきて、町の空を覆い尽《つ》くした。よく見ると、それはカエデの枯《か》れ葉で、素晴らしいパッチワークのように縫《ぬ》い合わされている。

ミロはさらに新しいボタンを押した。最後の鏡が現れ、巨大画面にイメージを映し出した。

とてつもなく大きな目が画面いっぱいに現れた。アーサーの目だ。

庭で望遠鏡をのぞきこんでいたアーサーの目に、突然、ミニモイの世界が映し出された。

まるで自分がミニモイ族の国会のど真ん中、王様の目の前にいるようだった。

王は、画面を覆い尽くしている目の大きさに感動していた。これほどの目であれば、どれほど背丈も高いことだろうかと。

セレニアは抵抗の印として、あいかわらず画面には背を向けている。

王は威厳《いげん》を取り戻《もど》し、軽く咳払《せきばら》いをした。

「えっへん！　それではアーサー、きみの話を聞こう。手短かに頼《たの》む」

アーサーはおおきく息を吸い込んだ。

「ある男が、ミニモイ族を保護しているこの庭を破壊《はかい》しようとしています。あなたたちを助けるために、ぼくがそっちの世界に入れる時間は、あと一分しかないんです。もし間に合わなければ、ぼくにはもう何もできない、そして、ミニモイの世界は全滅《ぜんめつ》してしまうんです」

アーサーの最後の言葉は、観衆のあいだに突風となって吹《ふ》き荒《あ》れた。

王はこのニュースに身動きができなくなってしまった。「……短いけれど、……本当の話だ」

王はこの事態に、ひとりですべての責任を負って、決定をくださなければならない。

「……きみの祖父は賢者《けんじゃ》であり、素晴らしい人格者だった。アーチボルトの孫であるきみを信用しよう。目覚めよ、渡《わた》し守《もり》！」

王は堂々たる両腕《りょううで》を高々とかかげて叫《さけ》んだ。

ベタメッシュは狂喜《きょうき》の叫び声をあげながら、相変わらずふくれっつらをしている姉の横を通って走り出した。

ミロが金色のスイッチを入れると、深紅《しんく》のビロードの巨大《きょだい》なカーテンが、大画面を覆い隠《かく》した。

9

「うまくいったみたい」

アーサーはボゴ・マタサライ族の酋長《しゅうちょう》の方を振《ふ》り返り、照れくさそうに彼に告げた。

アフリカの戦士たちは、少年の成功を一秒たりとも疑っていなかった。ただアルフレッドだけは、二メートル以上もある幽霊《ゆうれい》たちを集め、庭のこびとの置物、お祈《いの》り用の敷物《しきもの》と望遠鏡を使ったこの新しい遊びをまったく理解していないようだ。

一方、ベタメッシュは、転がり落ちるような勢いで走ったすえに、地上の世界との連結の部屋に滑《すべ》り込むと、天井から垂れ下がっている蚕の繭《まゆ》に飛びかかった。

「渡し守！　渡し守！　起きてください、緊急《きんきゅう》です！」

返事がない。そこでベタメッシュは万能《ばんのう》ナイフから、おかしな形をした刃《は》を取り出した。どうやら、繭カッターのようだ。ベタメッシュはそのカッターですぱーっと、大きく繭に切り込みを入れた。

頭を下にして、すやすやと眠《ねむ》っていた渡し守は、突然、亀裂《きれつ》を入れられた絹の壁の裂《さ》け目から滑り落ち、床《ゆか》にばったりと倒《たお》れ込んだ。

「いったい、何ごとだ！」年老いたミニモイは、頭をかきながら口をもぐもぐさせ、両脚《りょうあし》のあいだで絡まっていた長いあごひげを整え、耳に生えている毛も整えてから言った。

「こんなことするのは誰《だれ》だ？」

老人は、息を切らし顔を上気させて目の前に立っている若き王子に気づいた。

「ベタメッシュか？　この腕白小僧《わんぱくこぞう》が！　もう少しましな遊びが見つけられなかったのかい？」

「パパに言われて来たんだ。通行人がいるんだよ！」ベタメッシュは、いらいらして足を踏《ふ》みならした。

「またか⁉」渡し守は不満げに言った。「なんだって、このところ、みんな通りたがるんだ⁉」

「このあいだの通行者は四年前だよ」ベタメッシュは自信を持って言った。

「その通りだ、だから、また、と言ったのじゃ！　やっとのことで眠り始めたところだというのに！」渡し守はからだを伸《の》ばしながら返事をした。

「急いでよ！　王が待ちきれずにいるんだから！」

「王がそう言っただと？　それなら、王の承認印《しょうにん》はどこにあるんだ？」

ベタメッシュはポケットから承認印を取り出して渡し守に差し出した。

「ふむ、よかろう、確かに王のものだ」渡し守は素早《すばや》く確かめると王子に聞いた。「ところで、月はどうなってる？　満月か？」

壁に取り付けられたダストボックスのような箱を開けると、引き出した面が鏡になっており、そこにはきらきらと光る満月が映っている。

「おお、美しい月だ」

「感動してる場合じゃないんだよ。急いでよ、渡し守！　光線が弱まっていくよ」

「わかっておる、わかっておる！」

渡し守は三つのリングに近づいた。つい先程《さきほど》アーサーが注意深く操作をした、レンズの向こう側にあるのと同じリングだ。ただし、こちら側、つまりミニモイ族にとって、このリングはかなり巨大だ。

渡し守はひとつめのリングをつかんだ。

「刻み目を三つ右へ、肉体の輪だ」

そしてふたつめのリング。

「刻み目を三つ左へ、精神の輪だ」

ふたつめのリングはゆっくりと回った。

渡し守はみっつめのリングに取りかかった。

「そして、これは一回転させる……魂《たましい》の輪だ」

渡し守が露天商がくじ引きの円盤でもまわすように操作をし終えると、突然、月が形を変えて、まるで水平線が波打つように、ゆらゆらとし始めた。

「しっかり摑《つか》まるんだ」アフリカの酋長がアーサーに言った。

「摑まる？　何に？」アーサーはとっさにレンズにしがみついた。すると、みるみるうちにからだがちいさくなり始めた。

「何これ？　何が起こってるの!?」あわてふためきながら、アーサーが聞いた。

「きみはこれから、我々の兄弟、ミニモイ族のところへ行くんだ」酋長の声は落ち着いている。「きみに課せられた使命を果たすのに三十六時間しかないことを忘れるんじゃないぞ。もし、あさっての正午に戻《もど》って来なかったら、光の扉《とびら》は再び閉まってしまう……そうなったら一年は開かない！」

アーサーはますますちいさくなっていく頭で、こっくりとうなずいた。

しがみついたレンズが今では、ビルのように巨大になっている。

突然、レンズがぐにゃぐにゃになったかと思うと、アーサーはそこに吸い込まれ、望遠鏡の中へ入りこんだ。それからは、まるで階段を落ちていく操《あやつ》り人形のように、あちこちにぶつかりながら、ひたすら転げ落ちていった。そしてしまいには、連結の部屋に面している、望遠鏡の反対側のレンズに激しくぶつかって止まった。

アーサーが頭をさすっていると、ベタメッシュが梯子《はしご》をのぼって現れた。

ふたりの少年は、びっくりまなこで、お互《たが》いをしげしげと眺《なが》めあった。

ベタメッシュが先にほほえみを浮《う》かべ、アーサーに手を振った。ようこそ、というサインだ。

アーサーは少しまごつきながらも、同じように手を振った。

ベタメッシュはアーサーに大きく身振り手振りしながら話しかけたものの、ぶ厚いレンズのせいで話にならない。

ベタメッシュはジェスチャー・ゲームでもするように、さらに手足を大きく動かした。

どうやら、何かをアーサーにわからせたいようだ。

「なんにも聞こえないよ！」両手をメガホンのようにしてアーサーが叫《さけ》んだ。

ベタメッシュはガラスに口を近づけて、はーっと息を吐《は》きかけ、曇《くも》った部分に鍵《かぎ》の絵を描《か》いた。

「鍵?」アーサーも鍵を開ける手振りを見せながら答えた。

ベタメッシュはこっくりうなずいた。

「ああ! 思い出した。鍵だ! 肌身《はだみ》離《はな》さず持っているようにって書いてあった鍵のことだ!」

アーサーはポケットを探《さぐ》って、まだ札がついたままの鍵を取り出した。

ベタメッシュはアーサーに拍手《はくしゅ》を送ると、内壁の左側にある鍵穴を指さした。

アーサーは指示に従って、貨物船の船体のようにぶ厚い内壁まで望遠鏡の中を横切った。

鍵穴になかなか鍵を差し込めないアーサーを、ベタメッシュが身振り手振りで激励《げきれい》した。

アーサーがやっとのことで鍵を差し入れ、回すと、たちまちのうちに、目には見えないメカが作動し始め、見上げると、天井《てんじょう》が信じられない速さで自分に向かって急降下してくる。

罠《わな》に掛《か》かったのだ。天井に押しつぶされる。アーサーはパニックに陥《おちい》った。

アーサーはガラスを叩《たた》いて、ベタメッシュに助けを求めた。

ミニモイの少年はそれでも、満足げに笑《え》みを浮かべたまま、両手の親指を立てて見せた。

おめでとう、の印だ。

アーサーはあまりの残酷《ざんこく》さに茫然《ぼうぜん》としてしまった。もう、どうしていいかわからず、必死でガラスを叩くしかなかった。

「死にたくないよ、ベタメッシュ！　まだ死にたくないよ！　こんなふうに死ぬなんてやだよ！」息も絶え絶えに、アーサーは必死に叫び、叩いた。

天井がますます近づいてきて、あと数秒で押しつぶされると思った瞬間《しゅんかん》、アーサーがレンズの向こうを見ると、ベタメッシュは勝ち誇《ほこ》ったように、満面の笑みを浮かべていた。

天井のガラスがアーサーの頭に触《ふ》れるや、アーサーはとっさに床に腹這《はらば》いになった。もうだめだ、押しつぶされる……！　ところが、アーサーの体にのしかかってきたのは固いガラスではなく、ゼリーのようにぐにゃぐにゃの物体だった。スプーンがジャムの中に埋《うず》もれていくように、アーサーはゼリー状の物体の中にのめりこんでいった。よっぽど濃度《のうど》が濃《こ》いのだろう、アーサーは逃《に》げだすことはおろか、動くことさえできない。

ところが、数秒もしないうちに、突然、ぷるん、と反対側へ吐き出された。

アーサーは地面に倒《たお》れ込んだ。まるでチューインガムの桶《おけ》の中からはい出してきたかのように、からだじゅうに、ぐにゃぐにゃしたヒモが絡《から》まっていて身動きがとれない。

「ミニモイ族の世界へ、ようこそ！」ちいさな王子は両腕《りょううで》を大きく広げ、ウキウキとしながら言った。

アーサーはからだに巻き付いているヒモから、なんとか逃《のが》れようとしながら、やっとのことで立ち上がった。まだ、自分がもはや普通《ふつう》の少年でなくなったことには気づいていない。

「ベタメッシュ、怖《こわ》かったじゃないか！　なんにも聞こえなくて、死にそうだって叫んだのに……」アーサーは最後まで言わずに口をつぐんだ。

腕からヒモをふりほどいているうちに、見慣れていたはずの自分の腕がすっかり変わっていることに気づいたのだ。それでも、想像を絶するような事実を、すぐには認めたくなかった。必死になってからまったヒモを次々とからだからふりほどいていくと、少しずつ、ミニモイに変身したからだが現れてきた。

ベタメッシュはアーサーの肩《かた》に両手を置き、新しい姿がよく見えるように、レンズの方を向かせた。

「うそだろう？　信じられない……」アーサーは目を丸くし、口をぽかんと開けたまま、夢でないことを確かめでもするように自分のからだを、そして顔を触《さわ》った。

渡し守は、繭を再び紡《つむ》ぎなおしながら、にこにこしていた。

「さてと、もうわしの役目は終わったようだ。寝《ね》に戻るとしよう」そう言って、蚕に戻るためにベタメッシュの梯子に登った。

アーサーは自分の姿にまだ茫然としていた。「本当に信じられない！」

「自画自賛するのは、あとにしてよ！」ベタメッシュがアーサーの腕を引っ張りながら言った。「国会でみんなが、きみのことを待ってるんだ」

庭ではボゴ・マタサライ族の酋長《しゅうちょう》が望遠鏡を穴から注意深く引き抜《ぬ》いているあいだ、仲間たちは星の形をした敷物《しきもの》をていねいに畳《たた》んでいた。

酋長は最後にもう一度、穴の中をのぞき込み、感動をかみしめながらつぶやいた。

「幸運を祈《いの》るよ、アーサー」

こびとを元の位置に戻すと、酋長は四人の仲間を従えて、やってきた時と同じように、闇《やみ》の中へ消えていった。

ぼろぼろのシボレーのエンジン音は、空転してくしゃみをしすぎて、ひとりでに止まっていた。ヘッドライトの明かりも急速に弱まったかと思うと、ぱたっと消えた。夜が再び本来の景色を取り戻し、完全な静けさが戻った……ただ、家の二階から、のんびりと走る蒸気機関車のような、かすかな音が聞こえてくる。おそらく、マミーのいびきだろう。

10

「アーサーと名乗る者を通せ！」

玉座についた王は、王杖《おうじょう》で床《ゆか》を鳴らしながら、威厳《いげん》のある声で言った。

ふたりの護衛がアーサーを通すために、武器をかかげた。アーサーは大集合しているミニモイの人々の目にさらされながら王の前まで進んでいくことになった。「おお！」とか「ああ！」とか叫《さけ》び声をあげる者、ひそひそ声で何やらささやきあう者、ぶうぶう不平をつぶやく者、アーチボルトの想《おも》い出をかみしめる者、様々な感情が入り交じる群衆の中、アーサーは恥《は》ずかしがりの性格をできるだけ隠《かく》そうと努力しながら歩いた。

あいかわらず腕を組んで、ふくれっ面《つら》をしている王女も、突然《とつぜん》の闖入者《ちんにゅうしゃ》にちらっと目をやった。空から舞《ま》い降りてきた救いの神というより、巣から落ちてしまった雛《ひな》のようだと思った。

ベタメッシュが姉を腕でつっつきながら言った。「ハンサムだと思わない？　ねえ？」

セレニア王女は肩をすくめてみせながら答えた。「ふつうじゃない！」ちょうどその横を通り過ぎようとしていたアーサーは、勇気を奮い起こして王女に声を掛《か》けた。「セレニア王女、あなたに心から敬意を表します」

心臓が爆発《ばくはつ》するのではないかと思うと怖くて、王女の顔をちらりとしか見ることができなかった。アーサーは軽く会釈《えしゃく》をすると、王に向かって再び歩き始めた。この瞬間《しゅんかん》、礼儀《れいぎ》正しく、控《ひか》えめなこの少年の態度は、セレニア王女の心にぽっと、かすかに火を灯《とも》した。王も、初めて見るこの少年に好印象を抱《いだ》いた。しかし、王女は自分のプライドから、王は長年のしきたりから、彼を賞賛する気持ちは自分の胸にしまっておくのが賢明《けんめい》だと考えた。

唯一《ゆいいつ》、しきたりなどお構いなしのモグラのミロは、アーサーに近寄ると、両手を強く握《にぎ》りしめ、感動に声を震《ふる》わせながら言った。

「私はアーチボルトとは大の仲良しでした。彼の孫息子《まごむすこ》であるあなたにお会いできて、大変、嬉《うれ》しく思います！」

アーサーは見知らぬモグラに、まるで美味《おい》しいパンにでも食《く》らいつくように頰《ほお》にキスをされ、少しまごついてしまった。

「ミロ、いいかげんにしないか！」

王の声ではっと我に返ったミロは非礼を詫《わ》び、自分の位置に戻《もど》った。

アーサーが王の前に進み出て、深々と礼儀正しくお辞儀《じぎ》をすると、話を聞きたくてうずうずしている王は待ちきれずに尋《たず》ねた。

「それではアーサー、きみの話を聞こう!」

アーサーは心の中で、よし、がんばるんだ、と自分に活を入れ、話し始めた。

「……あさってには男たちがやってきて、家も庭も壊《こわ》してしまいます。つまり、ぼくの世界も、あなたたちの世界も破壊《はかい》され、コンクリートで覆《おお》われてしまうんです」

群衆はぞっとして身震いし、言葉を失って黙《だま》りこんだ。

「我々が想像していた惨事《さんじ》よりさらに恐ろしい不幸だ」王はつぶやいた。

じっとしていられなくなったセレニアは、つかつかと近づいてくると、指先でアーサーのからだを乱暴に押しのけ、見下すような表情で言った。

「で、なに? 二ミリ半のちいさなからだで私たちを救いに来たっていうわけ? そうなの?」

アーサーは自分が抱いている恋心《こいごころ》とは正反対の、敵意に満ちた王女の態度にショックを受けた。しかし、うちひしがれている場合ではない。アーサーは謙虚《けんきょ》な気持ちのまま続けた。

「家と庭を壊されたくなかったら、その人たちに支払《しはら》いをするしかないんです。四年前に祖父がここへやってきたのも、そのためです。庭に隠した宝物を探しだして、借金の支払いに当てようとしていたんです。ぼくは祖父の使命を最後まで成し遂《と》げるために、やってきました」

実際のところ、アーサーに課せられた使命は、ベッドの中でぬくぬくとしながら夢見ていたものとは比べものにならぬほど、ずっと難しそうだ。

「きみのおじいさんは、素晴《すば》らしい人物だった」王は想い出にひたりながら言った。「様々なことを我々に教えてくれた。光を自在に使えるようミロに教えたのも、きみのおじいさんだった」

ミロは郷愁《きょうしゅう》に満ちた顔で、ため息をもらした。

王が続けた。「きみのおじいさんは、ある日、例の宝物を探しに出かけた。我々の世界を構成している七つの国を探し回ったあと、彼はついに……禁断の地のど真ん中、闇《やみ》の王国、つまりネクロポリスの真ん中で宝物を見つけた」

観衆は地獄《じごく》への旅を想像して身ぶるいしている。王がさらに続けた。

「ネクロポリス、そこはセイドという名の強力な部隊によって支配されている、かの有名な呪《のろ》いのMが君臨する地だ」

群衆の中の何人かが気絶して倒《たお》れた。ミニモイ族は、Mには異常に、敏感《びんかん》なのだ。

「そして残念なことに……闇の王国から戻れた者はひとりとしていない」

王はそう結論づけた。アーサーの気力を意図的にくじこうとしたのは明らかだった。

「どう？　これでも冒険《ぼうけん》してみたい？」セレニアが挑発《ちょうはつ》的に言った。

ベタメッシュはがまんできなくなって、アーサーと姉のあいだに割って入った。

「セレニア、やめてよ！　アーサーをそっとしておいてあげてよ。おじいちゃんが死んでしまったことを、たった今、知らされたんだぞ。辛《つら》い気持ちがわからないのか！」

王の言葉では状況《じょうきょう》をつかみきれなかったが、ベタメッシュのこのひと言で祖父の死をはっきりと知らされたアーサーは、涙《なみだ》があふれそうになった。

ベタメッシュは、自分がヘマをしでかしたことに気づいた。

「いや……っていうか……便りがないし……誰《だれ》も戻ってこられないから……だから」

アーサーは涙をこらえ、ちいさな胸に勇気をかきあつめて言った。

「おじいちゃんは死んでない！　ぼくにはわかるんだ！」

王は、この幼い少年の失望をどう慰《なぐさ》めてよいかわからずにアーサーに近づいた。

「アーサー、残念ながら、ベタメッシュの言ったことが間違《まちが》っているとは思えない。もし、きみのおじいさんが悪魔《あくま》の手にかかってしまったとしたら、いつかまた彼に再会できるというチャンスはほとんどないんだよ」

「確かに、Mは悪魔だとは思います。でも、間抜《まぬ》けとは思いません！　老人を殺して、なんの得があるんですか？　なんにもならないでしょう？　逆に、知識が豊富で、どんな問題でも解決できる能力を持った天才を、どうして生かしておかないんですか？」

王は、自分では考えもしなかった、この少年の推測に興味をそそられた。

「ぼくが闇の王国へ行きます。そして、おじいちゃんと宝物を見つけます。恐ろしいマルタザールとめちゃくちゃになって戦うことになったとしても!!」

アーサーは興奮していたために、決して口にしてはならない名を、最後まで発音してしまったことに気づかなかった。不幸を招く名前を。そして皆《みな》が知っているように、その不幸はたちまちにしてやってくる。町中にサイレンが響《ひび》き渡《わた》り、護衛が大声で叫んだ。「中央扉《とびら》に避難《ひなん》せよ！」

群衆は完全にパニックに陥《おちい》った。混乱しきったミニモイたちは、押し合いへし合いしながら、あちこちに走り始めた。

王も玉座を離《はな》れ、町の中央扉へと向かった。

セレニアは、大変な騒《さわ》ぎを引き起こして戸惑《とまど》っているアーサーの肩《かた》にぽんと手を置いて、意地悪く言った。「しょっぱなから、たいしたことをしでかしてくれたわね。この名前は決して口にしてはいけないって、聞いてなかったの？」

アーサーはもじもじしながら、なんとか返事をしようとした。「……いや、聞いてました。でも……」

「でも何？　人の忠告には耳を貸さないってわけ？」セレニアはそう言い放つと、アーサーに説明する間も謝罪する間も与《あた》えずに、さっさと行ってしまった。

アーサーはミスを犯《おか》した自分に腹が立って、地団駄《じだんだ》を踏《ふ》んだ。

群衆が中央扉に殺到《さっとう》した。警備隊は道を空けるために、棍棒《こんぼう》を振《ふ》り回さなければならなかった。

王とふたりの子供が巨大《きょだい》な中央扉にたどり着いた。ミロがレバーを引くと、潜望鏡《せんぼうきょう》のようなちいさな鏡が出てきた。モグラはその鏡に近づき、扉の向こう側で起こっていることを観察した。

大通りのような、長い長い筒《つつ》がどこまでも続いている。

扉の向こうは、ひっそりと静まり返っているようだ。

ミロは通りの両端《りょうはし》を観察するために、わずかに鏡を回した。

突然《とつぜん》、鏡に向かって伸《の》びてくる一本の手が見えた。驚愕《きょうがく》の叫《さけ》び声が群衆から起こった。

ミロが鏡のノブを回し、画面を下げてみると、そこには地面にぐったりと倒れ込んでいる、ひとりのミニモイの姿があった。

「ゴンドロだ！　大河《たいが》の船頭《せんどう》だ！」警備のひとりが叫んだ。王ははっきりと見極《みきわ》めようと、画面をのぞき込んだ。

「信じられん！　禁断の地で死んでしまったと思っていたゴンドロだ！」王も驚《おどろ》きを隠《かく》しきれずに叫んだ。

「つまり、戻《もど》って来られるっていうことかしら！」セレニアが皮肉っぽく言った。

「そうだ、しかし、どんな状態で戻ってくるかが問題だ。急いで扉を開けるんだ！」

王の命令を受けて、警備隊員たちが開き戸の蝶番《ちょうつがい》になっているおおきな梁《はり》をずらしているあいだ、アーサーは鏡の端っこのあたりを心配げに見ていた。

アーサーはさらに鏡に近づいた。鏡の右下の部分がどうしても気になる。角がはがれたようになっているのだ。

「開けないで！」アーサーが叫ぶと、みな、その場に凍《こお》り付いたように動けなくなってしまった。

王がゆっくりと振り向き、いぶかしげな目でアーサーを見た。

「王様！　あそこを見てください。はがれたような部分があります」

王は言われたとおり、かがみこんで見た。

「ほお……確かにそうだ。だが、たいしたことじゃない。あとで貼《は》り直せばいいことじゃ」何もわからずに王は答えた。

「違うんです！　これは絵です、罠《わな》です。おじいちゃんがアフリカでどう猛《もう》な動物たちから身を守るために使っていた方法です！」

「でも、私たちはどう猛な動物なんかじゃないわ！」セレニア王女が反発した。「そんなことより、かわいそうなゴンドロを見殺しにするわけにはいかないわ！　それに、もし彼が禁断の地から戻ってきたのだとしたら、私たちに話したいことがたくさんあるはずよ！　さあ、早く扉を開けるのよ！」

鏡の向こうでは、ゴンドロが片方の手を差し出しながら、こちらに向かって這《は》ってくる。何かを懇願《こんがん》しているようだが、何を言っているかは聞き取れない。

「扉を開けてはいけません！　これは罠です！」ゴンドロは息も絶え絶えに訴《うった》えていた。

しかし誰の耳にもゴンドロの訴えは届かず、警備隊はせっせと重い扉を開け始めた。

しかし、扉は開いたものの、誰が彼を救いに駆《か》けつけるのか、皆、ためらっている。そこでセレニアは、まだ見ぬ危険をあえておかしながら、自発的に大役を引き受けた。

「慎重《しんちょう》にやっておくれよ、セレニア」

父親は何度も繰《く》り返した。肩幅《かたはば》こそ堂々としているが、王の勇気はそれとは反比例するほど、ちいさいのだ。

「もしセイドが襲《おそ》ってくるとしても、遠くからやってくる彼らの姿が目に入るはずよ」

娘《むすめ》は父親とは反対に、自信に満ちている。確かに一見したところでは、巨大な筒は空っぽでどこまでも続いているように見える。

それでもアーサーは、これは罠だと確信している。王女はその危険の中へあえて飛び込もうとしているのだ。

「お願いです、こちらに来ないでください、セレニア王女」ゴンドロはセレニアを見ながらつぶやいた。ところが、救いを求めているに違いないと信じて疑わない王女は、さらに彼に近づいた。

アーサーはもう黙っているわけにはいかなかった。警備員の手からたいまつを奪い取ると、思い切り投げた。たいまつはセレニアの頭上を越《こ》えて落ちて地面で跳《は》ね返り、それまで目に見えなかった絵にぶつかった。

群衆は茫然《ぼうぜん》となった。アーサーの主張は正しかったのだ。セレニアは自分の目を疑った。たいまつの火が、藁《わら》でも燃やすように、巨大な絵をめらめらと燃やし始めた。

「信じられない……」王女はそうつぶやくと、気絶してしまった。

アーサーは大急ぎで駆け寄ると、ゴンドロの足をつかみ、セレニアに大きな声で呼びかけた。「セレニア王女！　起きて！　ここから彼を引っ張り出さなくては！」

アーサーは炎《ほのお》の立てる騒音《そうおん》に負けじと声を限りに叫んだ。

王女はやっとのことで正気に戻り、ゴンドロの腕をつかんだ。そして、ふたりで負傷者をかかえ、必死に走った。

王が血相を変えて叫んだ。「扉を閉める準備をするんだ！」

最後の大きなかたまりが地面に落ち絵がほとんど燃え尽《つ》くされると、崩《くず》れ落ちた絵に覆《おお》い被《かぶ》さるように燃えさかる炎の先に、恐ろしいセイドの部隊の姿が見えた。

「大変だわ！」セイドが向かって来るのに気づいたセレニア王女が叫んだ。

部隊はぶあつい炎の壁《かべ》を通り抜《ぬ》けることができずに、炎の向こう側でじりじりしている。百隊はいるだろうか、どれも負けず劣《おと》らず醜《みにく》い姿をしている。セイドの戦士は昆虫《こんちゅう》の一種で、その起源は誰《だれ》にもわからないが、ある交配によって生まれたものらしい。彼らの甲ちゅうは腐《くさ》った木の実の殻《から》でできており、剣《けん》をはじめすべての武器を持っている。あることをきっかけに、彼らは自慢《じまん》の武器、「死の涙《なみだ》」を開発した。これは石油を浸《ひた》したヒモを投石器の先につけたもので、ヒモの先に火を灯《とも》して飛ばすと、動いているものであれ、静止しているものであれ、そこらじゅうに火の玉が当たって燃え広がるというものだ。

セイドはそれぞれ、戦闘機《せんとうき》の代わりをする蚊《か》に乗っている。戦争をするのに都合の良いように訓練され、装備を身につけたこの蚊たちは、生まれた時にすでに、従順になるようロボトミー（前頭葉白質切断による精神外科《げか》療法《りょうほう》）されている。噂《うわさ》によれば、もともとたいした脳みそがないところから、手術はそれほど苦痛を伴《ともな》うものでもないようだ。

セイドのチーフは、炎がまだ燃えさかっているにもかかわらず、突撃《とつげき》を掛ける決意をした。チーフが剣をふりかざし、とんでもない叫び声をあげると、百あまりのセイドがそれに続いて、一斉《いっせい》に楽しそうな叫び声をあげた。

「急ぐんだ、セレニア！」アーサーは叫んだ。扉《とびら》が少しずつ閉まっていくあいだに、最初の攻撃隊《こうげきたい》が頭上を越えていった。

セレニアは全身の力を振り絞《しぼ》り、扉の内側にたどり着いた。

王は扉に飛びかかり、たくましい腕で警備隊が扉を閉める作業に加勢た。

警備隊が扉に蝶番をはめているあいだ、何匹《びき》もの蚊の戦闘機が扉に激突した。しかし、十数匹の蚊はすでにミニモイの町に入り込んでしまい、すでに空中を旋回《せんかい》している。

ミニモイたちは、それぞれの戦闘位置につこうとしながらも、パニックに陥《おちい》っている。

セイドたちは彼らの「死の涙」をかかげると、頭上でぶんぶん回し始めた。そして船上を低空飛行するゼロ戦のごとく、地上に向けて急降下し、帯状に炎をまき散らした。まるで真珠湾《しんじゅわん》攻撃だ。

「戦うんだ、アーサー！　最後まで戦い抜くんだ！」ベタメッシュが勇ましい駆け声をかけた。

「戦いたいよ、でも、何も武器を持ってないんだけど」アーサーはうろたえた。

「本当だ！　あ、これを使ってよ！」ベタメッシュは自分の棍棒《こんぼう》を彼に渡した。「ぼくは他《ほか》の武器を取ってくるから！」

ベタメッシュはアーサーに棍棒を持たせて走り去った。

セイドはめちゃくちゃ楽しそうに、爆弾《ばくだん》投下を続けている。

ひとつの火の玉が王の背中に当たり、王がよろめいて床《ゆか》に倒《たお》れ込むと、なんと、ふたつにぱっかりと分かれてしまった。

目を疑いたくなるような事態にアーサーは思わず叫び声をあげたが、セレニアはまったく動じていない。

セレニアが父親に手を貸して起きあがらせているあいだに、王の忠実なパルミートは自分で立ち上がった。

パルミートとは、毛むくじゃらの巨大《きょだい》な動物で、ぺちゃんこの頭をしているため、椅子《いす》となって王のからだを支えるのに、とても都合が良いのだ。そう、実は、王に力と自信を与えるために、王のからだのかわりをしているのは、このパルミートなのだ。王は本当のところ、やさしくほこりを払《はら》ってくれている娘よりずっと小柄《こがら》な、か弱い老人なのだ。

「大丈夫《だいじょうぶ》か？」王は人生の道連れであるパルミートに、か細い声で尋ねた。

パルミートは頭を横に振って、いとも簡単に倒れてしまったことを詫《わ》びるように、かすかにほほえんでみせた。

「先に王宮に戻っていなさい。おまえの美しい毛皮は、あいつらの死の涙の、うってつけの標的になってしまう」

それでも王のそばを離《はな》れるのをためらっているパルミートに王は命令した。

「急ぐんだ！　さあ、行け！」

パルミートはしょげかえって、とぼとぼと王宮に消えていった。

王は町じゅうを覆い尽くしている惨憺《さんたん》たるありさまと、英国空軍の闘《たたか》いぶりに匹敵《ひってき》する蚊の戦闘機の爆弾投下を観察した。

「反撃に出るんだ！」王が毅然《きぜん》とした声で言い放った。

ミニモイたちは、至る所で燃え上がる炎を消そうと苦心している。

母親は子供を抱《だ》きかかえ、こうした事態にそなえて作られた防空壕《ぼうくうごう》の中へ滑《すべ》り込ませた。

左サイドでは、十数人のミニモイが手作りの投石機《とうせきき》を運び出した。

操縦のチーフが帽子《ぼうし》を被り、ちいさな射撃台に腰掛《こしか》け、自分の目の前に置かれた照準装置を作動させた。

スグリの実の装塡器《そうてんき》から実がひとつ、またひとつと複雑なバネのシステムと連結している木のスプーンの中に落ちていく。操縦チーフは一匹の蚊に狙《ねら》いを定め、射撃した。スグリの実は勢いよく空に向かったものの、蚊に逃《に》げられてしまった。すると装塡器は自動的にスプーンの中に新しいスグリの実を落とした。

ミロは鏡をコントロールする位置についた。そろばんで数をはじきだしながら、それぞれのレバーを確認《かくにん》していく。

右サイドでは、ベタメッシュがちいさなカゴをふたつ手に持って、家から出てきた。それぞれのカゴの中には同じ生き物が入っている。野原で息を吹《ふ》きかけて遊ぶタンポポに似た、白くて丸い生き物で、かわいらしい鳴き声をだす、ミュル・ミュルという動物だ。皆《みな》がよく知っている、『愛の叫《さけ》び』だ。というのも、ミュル・ミュルは、伴侶《はんりょ》となった相手に対し、限りなく深い、献身《けんしん》的な愛を注ぐ動物として良く知られているのだ。

「さあ、行くぞ、恋人たち！　今こそ、きみたちの本当の愛を証明する時だ！」

ベタメッシュはカゴの中のミュル・ミュルたちを激励《げきれい》すると、「ぼくが口笛を吹くまで放すなよ！」と言って、ふたつのうちのひとつのカゴを仲間に渡し、セイドたちがまき散らした火ですっかりやられた町を一目散に走り出した。

射撃のチーフは再びスグリ弾を撃《う》ちはなったものの、またしても蚊には命中しなかった。まるで下品な鳩《はと》のように扱《あつか》われたことに気を悪くしたセイドは、投石機めがけて急降下し、死の涙を放った。彼もまた標的を撃ち損《そこ》ねたが、たまたま通りかかったアーサーを転倒《てんとう》させることに成功した。アーサーは数メートル吹き飛ばされ、スプーンの上にのったばかりのスグリの実のうえに馬乗りになる形で着地した。

射撃チーフは、蚊に照準を合わせることに夢中で、スグリ弾のうえに落ちてきた少年の姿には気づかなかった。

「ああ、やめてよお！」

自分がとてつもなく危険な状況《じょうきょう》に置かれていることに気づいたアーサーは声を限りに叫んだ。が、空《むな》しかった。

チーフが投石機を作動させるとスグリ弾はアーサーを乗せたまま飛びたった。

二重になった弾丸は、無分別な蚊に向かって空を越《こ》えていった。

「ちょっと、見ましたか？　アーサーが空を飛んでいますよ！」射撃チーフが目を丸くしながら言った。

「きみが彼を空に吹き飛ばしたんだよ、ばか者!」彼の上司が叱《しか》りつけた。

セイドはスグリ弾が向かってくるのに気づき、ぎりぎりのところで頭を下げて弾《たま》をかわした。一方、アーサーはその瞬間《しゅんかん》、スグリの実から落ちて、命中し損ねた蚊の後部に乗っかってしまった。どすん、という衝撃《しょうげき》に、セイドは何が起こったのか確かめるために後ろを振《ふ》り返ると、蚊のお尻《しり》にしがみついているアーサーに気づいた。アーサーは少しでも頼《たの》もしく見せるために、とっさに棍棒を前に突《つ》き出し、なんとなく意地悪そうな表情をしてみせた。

ところがセイドにとっては痛くもかゆくもないらしい。アーサーににやりと笑いかけると、ぞっとするような鋼《はがね》の剣《けん》を抜《ぬ》き出し、蚊の上に立ち、敵をばっさりと斬《き》りつけようという確固たる意志でアーサーに向かってきた。アーサーもなんとか立ち上がったものの、波に乗ったアシカのごとく宙をサーフする蚊の上ではぐらついてしまう。戦士は腕《うで》を振り上げ、思い切りアーサーに向けて振り下ろした。アーサーはぎりぎりのところで身をかがめた。すると戦士は、空振りした勢いで腕が自分の首に巻き付く恰好《かっこう》となり、バランスを崩《くず》し、なんと、蚊から落ちてしまった。その結果、驚《おどろ》いたことに、アーサーが蚊の舵《かじ》をとるはめになった。

アーサーは両手で手綱《たづな》を握《にぎ》りしめ、パニックに陥《おちい》らないように踏《ふ》ん張った。「よし！　マミーの車よりは簡単だろう！」あまり自信はなかったものの、そう自分に言い聞かせた。「左方向に行くには……左に引けばいいんだ……」

手綱をわずかに左に引いてみた。しかし、「わずかに」という単語は蚊《か》の語彙《ごい》には含《ふく》まれていなかったようだ。蚊はいきなり垂直になった。ぎゃーっと叫びながら、真っ逆さまに墜落《ついらく》しそうになったところを、危機一髪《いっぱつ》のところで、棍棒に引っかかった手綱の先っぽをつかんだ。蚊は新しいパイロットから出される複雑な指令にまごついて、むちゃくちゃに飛び回っている。

蚊は急降下し、町を超《ちょう》低空飛行し始めた。

「ベタメッシュ、気をつけろ！」

アーサーのぶらさがった足は友達の頭上すれすれをかすめた。ベタメッシュが地面に伏《ふ》せた時には、アーサーは再び上空を飛んでいた。そして、すぐさま、別のセイドに追撃されることになった。

空飛ぶアーサーに気づいたミロは、攻撃の的を二匹《ひき》の蚊に定めた。あいかわらず手綱にぶらさがったまま、どうにかこうにか蚊の指揮をとっているアーサーを追っているセイドが剣を抜き、頭の上にふりかざした。

ミロは二匹の蚊の軌道《きどう》を突き止めると、アーサーが通り過ぎるやいなや、壁《かべ》から鏡を突出《つっ》させた。アーサーを追っていた戦士は鏡に正面衝突して墜落した。

戦友がやられたのを見た別のセイドが天井《てんじょう》すれすれに旋回《せんかい》し始め、戦友たちに呼びかけた。「壁に注意しろ！　鏡の罠《わな》があるぞ！　天井に向けて飛ぶんだ、その方が……」

最後まで言い終えぬうちに、ミロが天井から出した鏡にアッパーカットを喰《く》らうように激突した。セイドはあまりのショックに蚊を放してしまった。蚊はひとりで飛行を続けることになった。

ベタメッシュはぜいぜい息を切らしながら、カゴをかかえて町を横切り、連結の部屋へとつながるトンネルに入り込んだ。

数メートル進んだところでひと息つくと、思い切り口笛を吹いた。町の反対側で彼の指示を待っていた仲間がカゴのふたを開けると、ミュル・ミュルは恋人を捜しにいくためにたちまち翼を広げた。

かわいらしいミュル・ミュルは、最初は嗅覚《きゅうかく》に自信のない犬のように、あてどなく空をさまよったが、正しい方角を見つけるや、町の上空へ向けて一目散に飛び立った。

白いかたまりが、びゅんと目の前を通り過ぎるのを見た一匹の蚊が、パイロットの指示を無視して、いきなり方向転換《てんかん》した。

「このアホ！　何やってるんだ？」

セイドは蚊を叱りつけたが、ミュル・ミュルは蚊の大好物なのだ。お腹《なか》がすいている時には、何も耳に入らない。

「食事の時間じゃないんだぞ、このバカ！」

戦士に何とののしられようと蚊はお構いなしだ。美味《おい》しそうなまん丸の白いかたまりしか目に入らない。かたまりはトンネルの方に向かっている。蚊にとっては、もちろん狭《せま》すぎるトンネルだ。

「やめろ！」罠に掛《か》かったことを悟《さと》ったセイドが叫んだ。

ミュル・ミュルは最愛の恋人に会うためにトンネルの中に飛び込んでいった。そして蚊はなんとか白いかたまりを捕《つか》まえたい一心で、トンネルに入りきらない部分をめちゃくちゃに破壊しながらもがいた。

トンネルの反対側で待機していたベタメッシュが自分の持っていたカゴを開けると、二羽のミュル・ミュルはお互《たが》いの腕《うで》の中に飛び込んだ。もちろん、これは表現上のことだ。ミュル・ミュルには腕はない。

「でかしたぞ、恋人たち」

ベタメッシュは元の場所に戻《もど》るために、再び駆《か》けだした。

手綱の先っぽに必死にしがみついたまま振り回されているアーサーを、また別のセイドが狙《ねら》い始めた。戦士は見るからに重そうな剣を抜き出し、今にも我らのヒーローを輪切りにしようとしている。確かに、こんなふうにぶらさがっている姿は、ソーセージに似ていないこともない。戦士がぐんぐん近づきながら、剣を振り回しているのに気づいたアーサーは、いよいよ殺されると思った。

戦士が大きく剣を振り上げた瞬間、アーサーは両脚《りようあし》を持ち上げて剣をかわすと、剣の先が戦士の蚊の手綱に掛かった。

「失礼！」どんな時にも礼儀《れいぎ》正しいアーサーは、一応、お詫《わ》びを言った。

怒《おこ》った戦士は乱暴に剣を手綱から引っこぬいた。蚊はもちろん、この衝動的な動きを指示と受け取り、垂直になった。剣を放したくない戦士は当然のことながら、蚊から振り落とされることになった。

アーサーはバランスを失い、手を離してしまったものの、運良く、追撃してきた蚊の上に馬乗りに着地できた。

アーサーは少しほっとして自分の棍棒《こんぼう》に巻き付いている手綱を握った。

「よし！　二度目の挑戦《ちようせん》だ！」

今度はゆっくりと左へほんの少し手綱を引いてみた。すると蚊は見事に左におおきく旋回した。その遠心力は目を見張るものがあったが、我らがヒーローは持ちこたえた。

「わおー！　やったあ、わかったぞ！　戦うぞ！」

興奮して叫《さけ》んだ矢先、いきなりスグリ弾《だん》を顔のど真ん中に喰《く》らってしまった。

「やった！　命中したぞ！」投石機に陣取《じんど》っている射手が大喜びした。

「何言ってるんだ！　おまえが撃《う》ったのはアーサーだぞ、ばか者！」チーフは射手をどなりつけた。

弾《たま》を受けてコントロール不能となった蚊はアーサーを乗せたまま、「死の涙《なみだ》」を振《ふ》りかざしているセイドに向かって左に突進していた。

「ぶつかるぞおお！」アーサーは叫んだが、戦士が振り向いた時には遅《おそ》すぎた。二匹の蚊は激突して互いにのめりこみ、死の涙はアーサーの蚊の上で爆発《ばくはつ》した。幸い、アーサーの頭にとっさに素晴《すば》らしいアイデアが浮《う》かび、激突する寸前に、宙に身を投げていた。しかし、果たしてそれが素晴らしいアイデアだったのか今となっては疑わしい。というのも、ちいさくなったこのからだで百メートルもの高さに相当する上空から落下しているのだから……。

もうだめだ……落下しながら、あきらめかけたところを、またしてもパイロットを失った蚊に救われた。ただし、ちょっとした問題があった。アーサーは蚊の進行方向とは逆向きに着地していた。どこに向かって飛んでいるのか見えない。

一方、アーサーが先程《さきほど》まで乗っていた戦闘機《せんとうき》の蚊は炎上《えんじょう》し、王めがけて急直下し始めた。すんでのところでセレニアがそれに気づいた。

「あぶないっ!」

王女は父親に駆け寄りながら叫んだ。老人は毛布のように覆《おお》い被《かぶ》さってきた娘《むすめ》のからだの重みでよろめいた。

蚊は細長い炎《ほのお》をひきずりながら地面に激突して爆発した。

「パパ、大丈夫《だいじょうぶ》?」

セレニアが心配して聞いた。

「ああ、なんとかな」王は弱々しく答えた。「だが、横になっていた方がよさそうじゃ。その方がこのスペクタクルをよく眺《なが》められるからな」

しばらくは起きあがれないことが自分でよくわかっている王は、苦し紛《まぎ》れに冗談《じょうだん》を言った。

セレニアは父親にほほえみかけ、隣《となり》に腰《こし》をおろした。

アーサーは綱渡《つなわた》りのようなアクロバットを繰《く》り広げたすえ、正しい位置につくことができた。

「やったぞ、進歩したもんだ！」再び手綱《たづな》をつかみ、蚊《か》をぽんぽんと叩《たた》くと、蚊はフェラーリ以上の反応を見せた。

「いいぞ！」ますます自信をつけたアーサーは、ひとりで叫び声をあげながら、すぐさまセイドを追い始めた。

空を見上げていた王が、少年の勇姿に気づいた。

「セレニア、見てごらん！」

王女は空をみあげてしばらく探したあと、セイドを追っているアーサーの姿を見つけた。嫉妬《しっと》は入り交じっていたものの、感動のために、ぽかんと口を開けて茫然《ぼうぜん》としてしまった。

アーサーはセイドの乗っている蚊のちょうど真上を飛行することに成功した。そして戦士の注意を引くために、咳払《せきばら》いをすると、戦士は予想通り頭をあげた。彼も、ぽかんと口を開けた。

「弾が必要？」

アーサーはわざとふざけて聞いてから、死の涙の弾がびっしりとついているゴムを引っ張った。セイドは必死になって、向かってくる弾をつかもうとしたものの、まるで雪崩《なだれ》に遭《あ》ったスキーヤーのようだ。たちまち蚊の操縦ができなくなり、壁《かべ》にぶつかって爆発した。

アーサーは爆発の衝撃《しょうげき》から逃《のが》れるために、おもいきり手綱を切り返した。まさに戦闘機のパイロット並だ。

「なんという勇敢《ゆうかん》さ！　なんという大胆《だいたん》さだろう！　まるで私のようじゃ！」王は思わず口から出た自分のコメントにはっとして、すぐさま言い直した。「いや、つまり、わしも少年の頃《ころ》は彼のようだったと……勇ましく、毅然《きぜん》として、勇敢だった」

「それに、すでに毛むくじゃらだった？」

娘は、いつでも父親に痛打を浴びせる用意ができている。

王は咳払いをして話題を変えようとした。「彼は良きパートナーになれる少年だ」

「パパ！　私はもう、ひとりで何とかできる年齢《ねんれい》よ。付き添《そ》いなんて必要ないわ！」

セレニアは思春期の娘特有の反発をした。

「何もそんなことを言っとるんじゃないよ！」王は言い訳をするように反発した。

アーサーは、今やなんの問題もなく操縦できるようになって、大いばりで手綱を握《にぎ》っている。

「次はどいつだ?!」高慢《こうまん》ちきに叫んだその時、ミュル・ミュルがものすごいスピードで彼の目の前を通り過ぎた。

アーサーの蚊はたちまち心を奪われ、大好物めがけて追跡《ついせき》を始めた。あまりに突然《とつぜん》の方向転換《てんかん》に、アーサーは蚊から滑り落ちるところだった。

「どうなってるんだよ?!」

蚊の秘密をすべて熟知したとうぬぼれていたアーサーは、あわてふためいた。あらゆる角度に手綱を引いてみたものの、なんの効果もない。ミュル・ミュルに食《く》らいつくまでは蚊は止まらないのだ。

先程と同じように、トンネルの中で獲物《えもの》を待ちかまえていたベタメッシュは、アーサーが乗っている蚊が罠《わな》に掛かり、トンネルに突進してくるのに気づいた。

「ああ、ダメだよ、アーサーはやっつけちゃダメだよ!」ベタメッシュが茫然としながら叫んだ。

この光景を遠くから見ていたミロが、椅子《いす》を回転させ、救える保証はないものの、急場の作戦の準備に取りかかった。

「大変だ!　アーサーが粉々になってしまうぞ!」王は怯《おび》えきった声をだした。

セレニアさえもアーサーのことが心配になった。もちろん、そんなことは初めてだ。

「アーサー、飛び降りろ!」ベタメッシュが大声で叫んだ。

アーサーの耳に友達の声は届かない。アーサーは力の限り手綱を引くと、手綱ごとうしろにひっくり返り、蚊から離《はな》れた。

「アーサー!!」

セレニアは両手で顔を覆いながら叫《さけ》んだ。アーサーは奇跡《きせき》的にも、天井《てんじょう》から垂れていた根っこの先っぽにしがみついた。

ミュル・ミュルがトンネルの中に入り込むと、追跡していた蚊は入り口にもろに激突した。

11

セレニアはほっとして、思わずため息をもらしてしまった。振《ふ》り返ると、父親がにこにこしながら見ていた。王は娘《むすめ》が地上からやってきたヒーローに好意を抱《いだ》いていると感じ取ったのだ。胸のうちのささやかな秘密を見破られたと感じた王女は、父親をにらみつけながら冷たく言い放った。

「何よ！」

「な、何も言っとらんじゃないか！」

王はまるで降参でもするように両腕《りょううで》を挙げてみせた。

バルーンに乗っているミロは、猿《さる》のようにからだをばたつかせながら、天井から吊《つ》り下がっている少年の姿に笑《え》みをもらし、思わず口に出して言った。

「本当に、かわいい子だ！」

ベタメッシュは、ほとんど垂直にぶらさがっているアーサーに下から声をかけた。

くたくたになったアーサーが答えるや、根っこがびよんと伸《の》びて、ぶちっと切れてしまった。

アーサーはぎゃーっと長い叫《さけ》び声をあげながら転落していった。

幸い、下で待機していたミロが、素早《すばや》くレバーを操作し始めた。壁《かべ》から出てきた最初の鏡がアーサーを拾い、滑《すべ》り落ちそうになったところを二番目の鏡が拾った。こうして次々とアーサーは尻餅《しりもち》をつきながら鏡から鏡へとものすごいスピードで滑り落ちていった。スリル満点の滑り台のようだ。そしてついに、ほこりだらけの地面に着地した。

ミロは急場の救出作戦が成功してほっとした。王も胸をなでおろした。セレニアも同じだった。その証拠《しょうこ》に顔がきらきらと輝《かがや》いている。

アーサーは背中が痛くてすぐには立ち上がれず、棍棒《こんぼう》を支えにしてやっとのことで起きあがった。遠くから見ると、ちいさな老人が杖《つえ》によりかかっているように見える。

「……確かに、アーサーはパパに似ているわね！」セレニアはユーモアをまじえて言った。

ベタメッシュは友達に手を貸すために駆《か》け寄った。

「大丈夫？　怪我《けが》はない？」

「完璧《かんぺき》だよ！」

「アーサー、大丈夫《だいじょうぶ》？」

「わかんない。お尻がなくなっちゃったみたいだ！」

ベタメッシュはくすくす笑った。


町の上空からしだいに煙《けむり》が流れ去ると、墜落《ついらく》した蚊《か》の戦闘機《せんとうき》の残骸《ざんがい》が、いくつも地面に転がっているのが見えた。

ところがまだ闘《たたか》いは終わってはいなかった。どこからともなく、二匹《ひき》の蚊が旋回《せんかい》してくると、王の足元に着地した。

セレニアが本能的に父親をかばうように立ちはだかった。ふたりの戦士が蚊から降り、剣《けん》を抜《ぬ》き出した。

「心配するな、我々が欲しいのは王じゃない……おまえだ！」ひとりの戦士がにやにやしながら言った。

「父も私も、あんたたちの手には入らないわ！」

セレニアも負けじと、ちいさな短剣を抜き出した。お粗末《そまつ》な短剣を見て、戦士たちはますます顔をにやけさせ、叫び声をあげながら王女に襲《おそ》いかかろうとした。

襲いかかる、叫ぶ。このふたつがセイドたちの得意技《とくいわざ》のようだ。つまり、闘いは互角《ごかく》とはいえない。セレニアは攻撃《こうげき》をかわすことに成功し、反撃に出たものの、当たりどころが悪く、短剣が粉々に砕《くだ》けてしまった。地面に倒《たお》れ込んだセレニアは、今や、戦士たちのなすがままとなってしまった。

「つかまえるんだ！」大満足の戦士が命令した。

「おい！」

その時、戦士たちの背中で声がした。ふたりが振り返るとアーサーが、この闘いが始まってからずっと彼に忠実だったベタメッシュの棍棒を手に立っていた。

「ひとりの女性に男ふたりで掛《か》かっていくなんて、恥《は》ずかしくないのか？」

「別に！」ひとりの戦士が一瞬《いっしゅん》考えてから答え、ばかみたいにひっひっと笑った。

「自分たちに見合った敵を選んだらどうだ！」

アーサーは敵の目にはなんともお粗末な棍棒を握《にぎ》り直した。

「おまえが俺たちに見合った相手だというのか？」ひとりの戦士が自分のからだを見ながら言った。

「話にならないな！」もうひとりの戦士が、ぷっと噴《ふ》き出しながら続けた。

むかっときたアーサーは大きく息を吸い込むと、棍棒を前に突《つ》きだして襲いかかった。

戦士は剣を信じられない速さでくるりと回転させると、アーサーの棍棒を柄《つか》すれすれのところで斬《き》りつけた。アーサーは凍《こお》り付いた。

「さあ、この坊主《ぼうず》を片づけてしまえ。娘は俺にまかせとけ」もうひとりの戦士が言った。

容赦《ようしゃ》なく振り下ろされる剣を、アーサーは後ずさりしながら必死で避《よ》けた。

セレニアは自分が犠牲《ぎせい》になろうとして、父親に背中をぴったりとくっつけていた。しかしセイドは犠牲的精神などおかまいなしだ。彼らの望みは、なんとしてでも王女を連れ去ることなのだ。

アーサーはずっと耐《た》え続けてきた不当な仕打ちに怒《いか》りがこみあげてくるのを感じると同時に失望し、参ってしまいそうになった。悪から守ってくれる神様なんて、本当にいるんだろうか。正義について美しい言葉を並べ立てたり、何が悪くて何が良いことだと言い聞かせるおとなたちはどこへ行ったんだ？　アーサーのまわりには悪しか見えない。もう力が尽《つ》きそうだった。

その時、アーサーは大きな石につまずいて、よろめいた。その拍子《ひょうし》に、片手が魔法《まほう》の剣の柄《つか》に触《ふ》れた。これは運命だろうか。アーサーの疑問に対する答えだろうか？

アーサーは何も知らない。知っていることといえば、剣があれば非常に助かるということだけだ。といっても、石に埋《うず》まっていてはどうにもできないが。

アーサーはラッキーとばかりに柄をつかむと、剣はバターにでも突き刺《さ》さっていたように、するりと抜けた。

王は目を疑った。セレニアはぽかんと口を開けた。

「奇跡《きせき》じゃ！」ミロがため息まじりにつぶやいた。

ふたりのセイドは、なぜ、こんな芸当をやってのけられたのか不思議に思いつつ、警戒《けいかい》しながらアーサーを見た。しかし、何をどう考えようと、セイドたちには襲いかかることしかない。ふたりの戦士は再び攻撃態勢についた。アーサーも剣を振り上げ、闘いに挑《いど》んだ。

驚《おどろ》いたことに、習ったわけでもないのに、アーサーは軽々と攻撃をかわしていた。まるで夢でも見ているように、優雅《ゆうが》に、軽《かろ》やかに剣を振り回しているのだ。

驚いたベタメッシュがミロに近寄ってささやいた。

「アーサーはどこで、こんな技《わざ》を身につけたんだろう？」

「アーサーに力を授《さず》けているのは剣じゃ」ミロが答えた。「剣は正義の力を倍増させられるのじゃ」

ふたりの戦士は突きをかわすことに疲《つか》れ果て、もうどうしてよいかもわからなくなった。アーサーは剣を振り回す速度を上げ、戦士たちの武器を斬り落としていった。たちまち、ふたりの剣は柄だけになった。彼らがあわててふためいているすきに、アーサーはひと息つき、勝者のほほえみを見せつけながら命令した。

「……ひざまずけ！　そして王女に許しを乞《こ》うんだ！」

ふたりの戦士は顔を見合わせると、屈辱《くつじょく》から逃《のが》れようとして走り出した。アーサーは先回りして彼らの戦闘機に駆けつけると、剣をひと振りして、蚊の前脚《まえあし》をばさっと斬り落とした。蚊に飛び乗った戦士たちは前のめりになると、転げ落ちて、地面にひざまずく形になった。

「だから、ひざまずけって、言ったじゃないか！」

アーサーは剣の先でふたりを脅《おど》しながら言った。

セレニアはゆっくりと前に進み出て、すっかりしょげかえっている戦士たちの前に立った。

「王女……」ひとりが言った。

「申し訳ない……」二人目が続けた。

セレニアはあごをしゃくった。王女にしかできないしぐさだ。

「警備隊！　この捕虜《ほりょ》たちを洗脳解除センターへ連れて行け！」

王の叫《さけ》び声に、数人の警備隊員がおずおずと姿を現すと、命令どおりに、ふたりのセイドを連行していった。

王は、もちろん褒《ほ》め称《たた》えるためだろう、アーサーのそばに歩み寄った。

「洗脳解除センターって、なんのことですか？」

王が口を開く前に、褒められることがあまり得意ではないアーサーが聞いた。「これは必要悪だ」年老いた王は答えた。「こうした治療《ちりょう》を施《ほどこ》すのは好きではないが、これも彼らのためなんじゃ。ショック療法を受けると、以前の彼らに戻《もど》ることができるのだ。つまり、素朴《そぼく》で心やさしいミニモイに」

アーサーは、捕虜となった戦士たちを恐《おそ》ろしい治療が待ち受けていると思うと喉《のど》が締《し》め付けられ、複雑な気持ちで彼らが去っていくのを見ていた。

ベタメッシュがアーサーの背中をぽんと叩《たた》いて言った。「めちゃくちゃかっこいい闘いぶりだったね！　信じられなかったよ！」

「この剣《けん》のおかげだよ、すっごく軽くて、なにをするのも簡単に思えたんだ」アーサーは謙虚《けんきょ》に答えた。

「もちろんさ、だって、これは魔法の剣なんだ！　もう何年も石に埋まっていたのに、きみがそれを抜き出したんだよ！」ベタメッシュは興奮しながら告げた。

「そうなの？」アーサーはびっくりして自分の手元の剣を見た。

父親のような笑《え》みを口元にたたえながら、王も息子《むすこ》に同意して言った。

「そうとも、アーサー。きみは英雄《えいゆう》だ。ヒーローだ！」

ベタメッシュも王の言葉を引き継《つ》ぐように、大喜びしながら叫んだ。

「アーサー、万歳《ばんざい》！　アーサーはヒーローだ！」

身を隠《かく》していた民衆が少しずつ戻ってきて、ヒーローの名を呼びつつ、賞賛の輪が広がっていった。

アーサーは突然《とつぜん》、人気者になったことに戸惑《とまど》いを覚えながら、はにかみながら手をあげて歓声《かんせい》に応《こた》えた。

セレニアは喜びに満ちたこの場の雰囲気《ふんいき》に便乗して父親を説得しようと、きっぱりとした口調で言った。

「剣を自由に使えるようになった今、一秒たりとも無駄《むだ》にはできません。使命を続行する許可を私にください」

王は喜びに沸《わ》く民衆に目をやった。こんなに楽しそうな姿をいつまで見ていられるのだろう。すでに新たな心配が頭をよぎった。王は愛情に満ちたまなざしで娘《むすめ》を見下ろした。といっても、パルミートから降りた王の背丈《せたけ》はとっくに娘に追い越《こ》されているのだが。

「残念なことだが、わしもおまえの意見に賛成じゃ。使命は果たされなければならん。そして、我々の中できちんと事を運べるのは、セレニア、おまえだけじゃ」

セレニアは飛び上がりたいほど嬉《うれ》しかったが、深刻な問題だけに、ぐっと抑《おさ》えた。

「しかし条件がある」王はこう付け加えると、思わせぶりに間をおいた。

「どんな？」王女は不安になった。

「アーサーは勇敢《ゆうかん》な少年だ。しかも、純粋《じゅんすい》な心の持ち主で、彼が闘《たたか》うのは正義のためだ。彼をおまえに付き添《そ》わせる」

王の言葉にあいまいな点はなく、断固としていた。どんなに反論しようと無駄だ。セレニアはそのことをよく知っている。

セレニアは彼女には珍しく、うつむいて、おとなしく父親の決断を受け入れた。

「おまえはわしの誇《ほこ》りじゃ、セレニア。ふたりで最高のチームが組めると、わしは確信しておる」

一時間前だったら、王女はこの条件を最悪の侮辱《ぶじょく》として受け取っただろう。しかしアーサーは見事に戦い抜き、父親を助けてくれた。決して口には出さないけれど、他《ほか》にも理由はあった。熱いそよ風に押されて開いた心の扉《とびら》から、やさしさに満ちた風がそよそよと吹《ふ》きよせ、その風に乗って、アーサーがこっそりと入り込んできていたのだ。セレニアはそっと目をあげ、新たなパートナーを見た。ふたりの子供は見つめ合った。初めてのことだ。

アーサーは何かが変わったとは思ったものの、それが何なのかはっきりと知るためには、もう少しおとなになるのを待たなくてはならないだろう。アーサーは、ちょっとまごつきながら、自分がパートナーとなったことを詫《わ》びるように、照れくさそうな笑みを返した。

セレニアの目が、ごろごろと鳴き始める時に猫《ねこ》がするように、横に長くなった。そして彼女もまた彼にほほえみを返した。


町の中央扉がわずかに開かれた。警備隊のひとりがそこに頭だけ入れて中を覗《のぞ》き込み、トンネルに何も異常がないことを確かめると、一歩足を踏《ふ》み入れ、火の点《つ》いた矢を投げた。矢は水が滴《したた》るトンネルの内壁《ないへき》を照らしながら奥深くへ飛んでいって地面に落ちた。罠《わな》の絵はない。

「トンネル内は安全です」扉の方を振《ふ》り返りながら警備隊員が叫んだ。そしてすぐさま扉をおおきく開いた。

ミニモイ族が全員集合していた。彼らの王女とヒーローを送り出すためだ。

アーサーは自分に信じられないような力を与《あた》えてくれた剣を、見事な革《かわ》の鞘《さや》に滑《すべ》り込ませた。

ミロが感に堪《た》えない様子で、アーサーの肩《かた》にやさしく手を置いた。

「きみが、きみのおじいさんを捜《さが》しにいくことは十分承知しているが……」ミロはためらい、身をよじらせながら続けた。「万が一、探している途中《とちゅう》で、メガネを掛けたちいさなモグラに出会って、ミノと呼んで返事をしてきたら……わしの息子なんだ。姿を消してから三ヶ月になる。おそらくセイドに……」

そこまで言うと、ミロはうつむいてしまった。かかえている悲しみが重すぎて、支えていられなくなってしまったように。

「ぼくにまかせておいて」アーサーはためらうことなく答えた。

ミロはこの少年のエネルギーと純真さに心を打たれ涙《なみだ》ぐんだ。

「ありがとう、アーサー。きみは本当に良い子だ」

ベタメッシュが少し離《はな》れたところでリュックサックに荷物を詰《つ》め込み終えた。ふたりの警備隊員が少年には大きすぎるリュックを持ち上げると、ベタメッシュは二本のバンドにちいさな体を潜《もぐ》り込ませた。

「忘れ物はないね?」警備隊員のひとりが冗談《じょうだん》ぽく聞いた。

「ないよ! もう手を放していいよ!」

彼が手を放すと、リュックの重みでベタメッシュはうしろにひっくり返ってしまった。まるで仰向《あおむ》けになったカメみたいに。

ふたりの警備隊員はお腹《なか》をよじらせて笑った。王も笑った。セレニアはおおきくため息をついて言った。

「パパ、どうしても、あの子を連れていかなきゃいけないの？　そうじゃなくても時間がないっていうのに、あの子のせいで時間を無駄《むだ》にするのはいやよ」

「確かにまだベタメッシュは幼い。しかし、このミニモイ王国の王子だ。いつかあの子も国を支配していくひとりになるんだ。早いうちから試練をくぐり抜けることを覚えなければならん」

セレニアは王の返答にむっとして、すぐさまふくれっ面《つら》になった。元気が復活したことの、何よりの証拠《しょうこ》だ。

「いいわ！　ぐずぐずしていられないわ！　いってきます！」

セレニアは父親の頬《ほお》にキスもせずに、踵《きびす》を返すと、扉の前にいたアーサーに、立ち止まりもしないで「行くわよ！」と声をかけ、さっさと歩き出した。

アーサーはミロにさよならを言うと、急いでセレニアを追った。

無駄なものをリュックから取り出していたベタメッシュは、姉がすでに背を向けて歩き出しているのに気づいた。

「ちょっと待ってよ！」

あわててリュックをかつぎなおし、ふたを閉める間もなく、走り出したものだから、見るからに無意味な道具が次々と背中から落ちていった。

姉はすでに巨大《きょだい》なトンネルの中を歩き始めている。弟はやっとのことで追いついた。

「ちょっと！　ふたりとも、待ってくれてもいいんじゃない？」ベタメッシュはぶつぶつ不平を言った。

「あら、ごめんなさいね！　でもね、私たちは大事な民族を救いにいくのよ！」王女は意地悪く言い放った。

三人はトンネルの暗闇《くらやみ》へと遠ざかっていった。アーサーが慎重《しんちょう》に手に持っているたいまつの明かりだけが道を照らし、遠ざかっていく明かりの玉となってぼんやり見えていた。ミニモイたちがその後ろ姿を名残惜《なごりお》しそうに見つめる中、警備隊員が厳《おごそ》かな表情で重い扉を閉めた。ガチャンという音をたてて、扉がぴったりと閉められた。

子供たちを奪《うば》われた扉の前で、王がため息をついた。

「セイドたちを避《さ》けられるといいんだが」王はミロにもらした。「ところで、セイドと言えば、捕虜《ほりょ》たちはどうなってるかな？」

「かなり頑固《がんこ》ですな。しかし、順調です」モグラはうやうやしい口調で答えた。

問題のふたりのセイドは、色とりどりの泡《あわ》に満ちた巨大な浴槽《よくそう》に浸《つ》かっている。美しいミニモイの女性たちが様々な形の風船をこしらえているあいだに、他の女性たちはポリネシアン・ダンスのリズムにあわせて、官能的に踊《おど》っている。花崗岩《かこうがん》のようにがちがちの脳を柔《やわ》らかくするためには、やさしく、うっとりするような雰囲気《ふんいき》が必要なのだ。

チャーミングなふたりのミニモイ女性が、ふたりにぜいたくなカクテルを差し出した。

「……いやだ！」ふたりは声をそろえて答えた。しかし、飲まないわけにはいかないだろう。

12

三人のヒーローたちがさまよっている暗いトンネルは、しだいに冷え冷えとしてきて、気がかりな気配が濃《こ》くなってきた。壁《かべ》のいたるところから水滴《すいてき》がにじみ出て、天井《てんじょう》から水滴が落ちるたび、まるで空から落とされた爆弾《ばくだん》のような音を立てている。

「セレニア、ぼく、ちょっと怖《こわ》いよ！」ベタメッシュががまんできなくなって、姉にぴったりとくっついた。

「それなら家に戻《もど》りなさいよ！　帰ってから話を聞かせてあげるから！」

姉はいつもと変わらぬ傲慢《ごうまん》な口調で弟をしかりつけてから、アーサーを振《ふ》り返って言った。

「あなたもひょっとして引き返したいんじゃない？」

「ちっとも！」アーサーは一瞬《いっしゅん》のためらいもなく答えた。「ぼくはきみと一緒《いっしょ》にいたいよ……ていうか……きみを守っていたいよ」

セレニアはアーサーから魔法《まほう》の剣《けん》を両手で奪《うば》い取り、自分のベルトにくくりつけながら言った。「これで私はじゅうぶん守られてるわ。ご心配なく！」

「セレニア！　石から抜《ぬ》き取ったのは、アーサーなんだぞ！」

姉が真剣にひとりで行こうと考えているのではないかと、弟は本当に心配になった。

「知ってるわ。だから何なのよ？」姉はかったるそうに答えた。

「ありがとうくらい言ってもいいんじゃないか？」

弟に忠告され、セレニアは天を見上げた。

「王家の剣を抜いてくれてありがとう、アーサー。でもこれは剣の名前のとおり、王家の者しか持てない剣なのよ。私の知ってる限りでは、あなたはまだ王じゃないでしょ？」

「えっと……そうだけど」アーサーは少し面食《めんく》らいながら答えた。

「ね、だから私が持つべきなの！」

そう締《し》めくくると、彼女はますます歩く速度を早めた。

ふたりの少年は、あっけにとられて顔を見合わせた。このかわいらしい問題児と共に旅をするのは、容易なことではなさそうだ。

「ここからは地上を通っていきましょう。乗り物に乗った方が時間を節約できるわ」王女は命令口調でつけ加えた。

セレニアはトンネルの継《つ》ぎ目をよじ登り、ちいさな穴から地上にはい上がった。

三人は、ほとんど入り込めないのではないかと思うほどうっそうと草の生《お》い茂《しげ》る、とてつもなく広い森に出た。とはいっても、そこはアーサーの家の庭の一角に過ぎない。

家の二階の窓は相変わらず開いたままだ。やわらかなそよ風に頰《ほお》をなでられ、マミーはやっとのことで深い眠《ねむ》りから目覚めた。

「石のように寝《ね》込《こ》んでしまったわ」うなじを手でさすりながら、マミーはしわがれた声をだした。

スリッパをひっかけ、アーサーの部屋を覗《のぞ》きにいった。鍵《かぎ》を回して扉《とびら》を少しだけ開けて顔だけ突《つ》っ込んでみると、からだは見えないものの、アーサーはベッドの真ん中にすっぽりと布団《ふとん》をかぶって眠っているようだ。マミーはほほえんで、もう少しだけ寝かせておこうと決めた。そして、音を立てないよう、そっと扉を閉めた。

マミーは玄関《げんかん》の扉を開け、いつものように戸口に置かれている二本の牛乳瓶《びん》を手に取った。牛乳が配達されているということは、ダヴィドはまだ牛乳屋には手をつけていないという証拠《しょうこ》だ。マミーは少しほっとして、よく晴れ上がった空を見上げた。庭も、木々たちも紺碧《こんぺき》の空のもとで元気いっぱい、生き生きとしている。ただ、一本の木だけは、ひどく具合が悪そうだ。というのも、その木にはショールにくるまったようにシーツをかぶったシボレーが根本に激突《げきとつ》しているのだ。

この恐《おそ》ろしい光景にマミーはぎくっとした。

「いやだわ、またサイドブレーキを引き忘れたのかしら？　まったく、うっかりしてるんだから！」マミーは自分に毒づいた。

三人はといえば、とてつもなく大きな森のような芝生《しばふ》をかきわけ、まるで樹齢《じゅれい》百年の樫《かし》の木のようにそびえ立つ草の茎《くき》を避《よ》けながら、元気良く進んでいる。少なくとも、時速二百、といってもキロメートルではなく、メートルだけれど。

セレニアはまるで自分の庭でも散歩するように、道に迷うこともなく軽快な足取りで進んでいく。アーサーは彼女から目を離《はな》すことも、一歩も離れることもない。それに反して、疲《つか》れの出始めたベタメッシュは、やや遅《おく》れぎみにふたりのあとを追っている。

「セレニア、もう少しゆっくり歩いてくれない？」弟は姉に、素直《すなお》にお願いをした。

「問題外ね！　ばかみたいに重い荷物を持ってくるからいけないのよ！」

「必要なものを全部、ちょっとずつ持ってきただけだよ、万が一の時のために」ベタメッシュは肩《かた》をすくめながら答えた。

セレニアは、彼らの身長からすると巨大《きょだい》なビルのようなゲジゲジに向かって直進していた。アーサーは不安になった。パワーショベルとみまがうような千本もの足が近づいてくるのだ。

ところがセレニアは、まるで何も目に入っていないかのように、歩調を変えることもなく怪物《かいぶつ》に向かっていく。

「あの……こういう動物と遭遇《そうぐう》した時のために、何か用意はあるの？」アーサーはあわてふためきながら聞いた。

「心配ないよ！」ベタメッシュがポケットから何やら取り出しながら答えた。「万能《ばんのう》ナイフを持ってるんだ。三百種類も機能がついてるんだぞ！　誕生日にもらったんだ」

幼い王子は、スイスナイフにやや似ている自慢《じまん》のナイフを得意げに見せ、機能について説明を始めた。

「ここは回転のこぎり、二重カッター、カニ型ピンセット。ここはシャボン玉、ミュージックボックス、ワッフルマシン、で、こっち側には、種生産機、八つの香水のマーカー、そして、暑い時のための……扇子《せんす》！」

そう言いながらボタンを押すと、日本製の素晴らしい扇子が出てきた。王子は早速《さっそく》、自慢げに扇子をあおいでみせた。

「おもしろいね、ぼくも去年の誕生日に同じような……ていうより、ほとんど同じものをもらったんだ」アーサーは、相変わらず彼らに向かってくるゲジゲジをにらみつけながら答えた。「ところで……ゲジゲジを退治するものは付いてないの？」

「一般的《いっぱん》な機能なら全部付いてるよ！」ベタメッシュは再び列挙し始めた。「これがチューリポ、マタシェット、フィゾマット、ソリュケ、それに、ピプラット、ムラジュール、パンプリネット……」

おそらくベタメッシュ語なのだろう。アーサーにはちんぷんかんぷんだ。

がまんできなくなったセレニアが弟の意気をくじいた。

「で、あんたのそのおしゃべりな喉《のど》をばっさり斬《き》り落とすものはないの？」

ベタメッシュが肩をすくめているあいだに、セレニアはゲジゲジにつかつかと近づくと、まるで麦でもなぎ倒《たお》すように、魔法の剣を使ってバサッバサッと前足を斬りつけた。

ゲジゲジは頭をあげ、食べかけの草で息をつまらせた。そのすきに三人はゲジゲジの下に潜《もぐ》り込み、壁《かべ》に沿うようにして歩いた。ゲジゲジは三人とは反対の方向へと逃げ出した。なんといっても千本の足が移動するのだから、その埃《ほこり》の舞《ま》いかたといったら、尋常《じんじょう》ではない。アーサーは離陸《りりく》し始めたボーイング機の真下にいるような気がして、巨大な昆虫《こんちゅう》が頭上を通りすぎていくのを目を丸くして見守った。

こんなことは日常茶飯事《さはんじ》のベタメッシュにとってはどうでもいいことだった。

「で、こっち側には、新機能が揃《そろ》ってるんだ。たとえばこれは、バダルーを捕《つか》まえるのにすごく便利なフルフル・ピルートっていうんだ」

「バダルーって、どんな鳥に似てるの?」アーサーがゲジゲジのお腹《なか》に目を釘付《くぎづ》けにしたまま聞いた。

「鳥じゃないよ、魚だよ」

ベタメッシュはそう答えると、またリストを並べ始めた。

「こんなのもあるんだよ、白ブドウの種取り、白ブドウの加湿器《かしつき》、ヒキガエル投げ、スープ泡立器《あわだてき》、簡易そろばん……」

雲のような土ぼこりをあとに残して、ゲジゲジが通り過ぎていくと、アーサーはほっとした。

「で、これが最後! ぼくのお気に入りの最後の機能はこれ、櫛《くし》さ!」

ベタメッシュがボタンを押すと、にせもののべっ甲《こう》の櫛が出てきた。王子はお情け程度にしか生えていない髪《かみ》の毛に、嬉《うれ》しそうに櫛を通した。

「ぼくのナイフには……それは付いてないや!」アーサーは冗談《じょうだん》ぽく答えた。

すべての旅行者たちの合流点となっている中央駅は、わずかに伐採《ばっさい》された土地に建てられている。遠くから見ると、地面に石がぽつんと置かれているように見えるが、近寄ると、石がふたつ重ねてあり、その隙間《すきま》が改造されていることがわかる。それは大きなカウンターとなっており、一度に何十人もの客を受け入れられる。しかし今日は、カウンターにはひとっこひとりいない。

セレニアは「あらゆる交通手段、引き受けます＝エクスプレス」と書かれた石に近づいた。

「誰《だれ》かいませんか？」

返事はない。それでもシャッターがあがって事務所に明かりが灯《とも》った。

「なんか、きみたちの国では、あんまり旅行する人はいないみたいだね」あちこち覗いていたアーサーが言った。

「一回、旅行してみれば、どうしてかわかるよ」ベタメッシュが皮肉っぽく答えた。

セレニアの弟が何を言いたいのかはわからなかったが、アーサーの目はカウンターに置かれている半円形のものに惹《ひ》き付けられた。ホテルの受付などに置いてある呼《よ》び鈴《りん》によく似ている。アーサーは手で押してみた。すると、すぐさま、オブジェは鋭《するど》い鳴き声をあげ始めた。さらに、半円形の内側からにょきにょきと足が出てきたかと思ったら、その下で寝ていた赤ん坊《ぼう》たちが目を覚ました。母親らしい生き物が、アーサーが聞いたこともないような未知の言葉で、ぶつぶつと文句を言い始めた。アーサーはあわてて詫《わ》びた。

「ご……ごめんなさい！　呼び鈴だと思ってしまったんです！」

呼び鈴……この動物にとって、これ以上、プライドを傷つけられる中傷はないのだろう、さらに叫《さけ》び声をあげた。

「いや、というか、あなたが生きているとは知らなかったんです！」

アーサーはまたまた、墓穴《ぼけつ》を掘《ほ》るような発言をしてしまった。

母親は彼の謝罪を無視して、ぷりぷり怒《おこ》りながら子供たちを引き連れて、カウンターから去っていった。


「いかんなあ、こんなふうにお客様の頭を殴《なぐ》りつけるとは！」

カウンターの向こうから姿を現した年老いたミニモイが言った。ヤグルマギクの花びらでできたつなぎをはき、口ひげをたっぷり生やし、耳にもぼうぼうとした産毛《うぶげ》を蓄《たくわ》えている。言葉は、ひどいイタリアなまりだ。

「本当にごめんなさい！」アーサーは老人の奇妙《きみよう》な姿に仰天《ぎようてん》しながらも、心からお詫びを言った。

セレニアが会話をきっぱりと打ち切らせながら、窓口の前に進み出た。

「すみませんが、ぐずぐずしている時間はないんです。私はセレニア王女です」

彼女はわずかに気取って言った。

年老いたミニモイは、目の前の少女の姿をよく観察できるように片目をつぶった。

「ああ……確かに！　で、そちらがあなたのおばかな弟さんで？」

「その通りです！」ベタメッシュが何か言う前にセレニアが答えた。

「で？　私のお客様の頭を殴りつけた、愉快《ゆかい》な者は？」老人は機嫌《きげん》の悪さを隠《かく》さずに聞いた。

「アーサーと言います」アーサーは礼儀《れいぎ》正しく答えた。「祖父を捜《さが》しているんです」

従業員は興味をひかれたようで、記憶《きおく》をたぐりよせようとして顔をしかめた。

「うーん……何年か前に、老人を乗せたことがあった……名前はなんと言ったかな？」

「アーチボルトですか？」

「アーチボルト、そうだ！」

「どこに行ったか、知っていますか？」アーサーは希望に目を輝《かがや》かせた。

「知っておるとも。あの頑固《がんこ》な老人は、どうしてもネクロポリスに行くといってきかなかった。セイドたちのど真ん中にな！　ばかな奴《やつ》じゃ！」

「やった！」アーサーは叫んだ。「ぼくらが行こうとしているのは、まさにそこなんです！」

老人はこの無謀《むぼう》な要求に唖然《あぜん》として身動きできなくなり、「今日はもう満席だ！」と叫びながら、突然《とつぜん》、シャッターをおろして窓口を閉めてしまった。

人の嘘《うそ》につきあっている暇《ひま》などないセレニアは、剣《けん》を抜《ぬ》き出すとシャッターを斬りつけた。そして、裂《さ》かれたばかりの扉《とびら》をぽんと押すと、カウンターもろとも衝撃音《しょうげきおん》を立てながら崩《くず》れ落ちた。

事務所の奥に引っこんだ老人は、口ひげをぴんと立て、呆然《ぼうぜん》とするしかなかった。

「ネクロポリス行きの次の列車は何時に出るの？」王女が聞いた。

ベタメッシュがリュックの中からすでに時刻表を取りだしていた。ゆうに八百ページで八百キロはありそうだ。

「次の列車は八分後だ！」ページを開きながら言った。「しかも、直行だ！」

セレニアはコインのつまったちいさな巾着《きんちゃく》を取り出すと、ぽかんとしている老人の足元に投げつけた。

「ネクロポリス行きの切符《きっぷ》を三枚！　一等車よ！」毅然《きぜん》とした態度で王女が命令した。

駅員が巨大《きょだい》なレバーを引くと、アーサーの用水路のような、縦にふたつに割った竹に導かれて、巨大なクルミが転がってきた。クルミは、すぐには理解できない複雑な装置のうえで止まった。駅員が脇腹《わきばら》についている扉を開けた。まるでロープウェーのようだ。

我らが三人のヒーローはからだをかがめて扉をくぐり、乗り物に乗り込んだ。クルミの中は空っぽで、底の部分だけ果実を直《じか》に削《けず》って長いすに仕立ててある。セレニアがクルミの中央の膜《まく》を引っ張ると、シートベルトのように彼女のからだにくっついた。アーサーは王女に聞きたいことが山ほどあったが、質問攻《ぜ》めにして彼女を煩《わずら》わせるより、彼女のすることをきっちりまねをするにとどめた。

「良い旅を！」

駅員はそう声を掛《か》けると、扉を閉めた。

13

家の中では、マミーがアーサーの寝室《しんしつ》の扉をそっと開き、先程《さきほど》と同じように顔だけ突《つ》っ込んで孫の様子を窺《うかが》っている。アーサーは依然《いぜん》として布団《ふとん》にくるまったまま寝《ね》ているようだ。よしよし、驚《おどろ》かしてやろう。マミーは足でぽんと扉を蹴《け》って部屋に入り、美味《おい》しそうな朝食の載《の》ったお盆《ぼん》をベッドの端《はし》に置いた。そして、満足そうに、にんまりしながら、歌うような調子で言った。「朝食をお持ちしましたよ!」

布団をぽんぽんと叩《たた》き、カーテンを開くと、太陽の日差しがさんさんと部屋じゅうに注ぎ込んできた。

「さあさ、お寝坊さん、起きる時間よ!」マミーは布団を持ち上げながらやさしく言った。

「ぎゃー!!」

孫が犬に姿を変えている! いや、というより、アルフレッドがアーサーのベッドの中で寝ていたのだ。犬は自分のいたずらが成功して、満足げにしっぽを振《ふ》った。しかしマミーはこのジョークにはあまり感心していない。

「アーサー!!」玄関口《げんかんぐち》に急行し、いつものように大声で叫《さけ》んだ。

クルミの中にいるアーサーに、この声が届くチャンスはあまりなさそうだ。いずれにしても、シートベルトを付けるのに忙《いそが》しいアーサーの耳には何も入らない。

ベタメッシュが、タンポポの花と同じくらい軽い、ちいさな白いボールをリュックの中から取り出した。勢いよく振ると、そのボールにぽっと光が灯《とも》った。手を放すと、ボールはふわっと宙に浮《う》かび、まるでディスコのミラーボールのように、柔《やわ》らかな光をきらきらと放った。

「白いのしか持ってこなかったんだ、ごめんね」ベタメッシュはまるでビスケットの話でもするように言った。

アーサーはこの魔法《まほう》のような冒険《ぼうけん》に胸がわくわくし、自分を取り囲むすべてのものに感動していた。これまで素敵《すてき》な夢ならたくさん見てきたけれど、これほど魅力《みりょく》的な世界は想像すらしたことがなかった。

駅員が大型客船と同じくらい複雑そうな操縦席についた。レバーのひとつを押すと、ミニモイの世界を構成している七つの国の名前が書かれたディスクの上を、細い針が回り始めた。針はディスクの暗い部分へ降りていき、「禁断の国」と書かれたところで止まった。

するとと巨大なメカニズムが作動し始め、クルミがかたかたと揺《ゆ》れ始めた。

アーサーは何が起こっているのか見たくて、クルミの裂《さ》け目から外を覗《のぞ》き見た。

「どうやって旅をするのか、まだわかんないよ」

アーサーの無邪気《むじゃき》な疑問にベタメッシュは当たり前のことのように答えた。

「何言ってんの？　このままクルミに乗って行くに決まってるじゃないか！　それ以外、どうやって旅ができると思うの？」

王子が広げた地図には、七つの国がのっている。

「今、ここにいるでしょ、で、ぼくらはここに行くんだ！」

アーサーは地図にかがみこみ、ちいさな縮図に目をこらした。どうやらネクロポリスは家のガレージから遠くないところにあるようだ。

「わかったぞ！　貯水槽《ちょすいそう》の真下だ！」アーサーが膝《ひざ》を打った。

「チョスイソウって何？」突然《とつぜん》、不安になってセレニアが聞いた。

「普段《ふだん》の生活に必要な水が、ちょうどネクロポリスの上にある大きなタンクの中に蓄《たくわ》えてあるんだ」

マミーはガレージの中ものぞいてみた。アーサーが入った気配も隠《かく》れている様子も、まったくない。

「アーサーはどこにいるの？」マミーはアルフレッドに向かって聞いた。マミーは犬が返事ができないことくらいわかっているし、アルフレッドにしても、もし口がきけたとしても、マミーが自分のことを信じてくれるわけがないことは承知なのだが。

「その貯水槽には何リットルの水が入っているの？」何か手がかりをつかもうとするようにセレニアが聞いた。

「何リットルどころじゃないよ、何千だよ！」

アーサーの答えに、セレニアの表情が曇《くも》った。

「あいつの考えていることがはっきりしてきたわ」

「誰《だれ》の？」

「Mの企《たくら》みよ」

「ああ！　マルタザールのね!?」

ベタメッシュもセレニアも凍《こお》り付いた。アーサーは自分のへまに気づき、あわてて手で口をふさいだ。

不幸を招く名前。たちまち、不吉《ふきつ》な轟音《ごうおん》が聞こえてきた。

「ほんとに、ばかじゃないの？　言葉には気をつけなさいって、誰も教えてくれなかったの？」セレニアは真剣《しんけん》に怒《おこ》っている。

「ご……ごめんなさい」パニック寸前のアーサーはしどろもどろになりながら謝った。

操縦席についている聴診器《ちょうしんき》のような巨大《きょだい》な筒《つつ》が、しだいに大きくなってくる轟音を感知した。

「ネクロポリスに向けて、十秒後に出発！」駅員がゴーグルを付けながら叫んだ。

ベタメッシュはリュックサックの中から、ピンク色の綿のようなボールをふたつ取り出し、アーサーに聞いた。「耳に付けるムフ・ムフ、いる？」

「……いや、いいよ、ありがとう」アーサーはそれより、大きくなる地響《じひび》きが心配でならない。

「つけたほうがいいよ。高級なムフ・ムフなんだから。新品だし、一度もまだ使ってないし、それに自動クリーナーつきの毛のおかげで……」

まだ説明が終わらないうちに、ベタメッシュはセレニアに、ムフ・ムフを口に突っ込まれた。

地面が大きく揺れ始めた。からだじゅう、あちこちにぶつけたくなかったら、椅子《いす》にしがみついていなくてはならない。

駅員が別のレバーを押した。さきほどとは違《ちが》うディスクの針が回り始めた。パワーを表示してあるディスクだ。針は「最大」と書かれた赤い部分で止まった。

一方、マミーは途方《とほう》に暮れている。家の中を三回、庭を五回、捜《さが》し回ってみたのに、アーサーの影《かげ》も形もなかった。マミーはもう一度、玄関口に立ち、両手をメガホンがわりにして、声を張り上げた。

「アアアアーササアアアア!!」

揺れと、大きな地響きにもかかわらず、アーサーは耳をそばだてた。はるか遠くから聞こえてくる声は、確かに自分の名を呼んでいる。アーサーはクルミのちいさな裂け目に飛びつき、その声がどこからくるのか探《さぐ》ろうとした。

「マミー!?」

「発車！」駅員がアーサーの叫び声に答えるように叫んだ。

駅員の頭上で傘《かさ》が自動的に開き、本物の水が地面から噴《ふ》き出した。

クルミは庭のスプリンクラーのうえに乗っていたのだ。水圧で宙に舞《ま》い上がり、クルミに乗った三人の旅が始まった。

クルミは高度数メートルのところを飛んでいる。ひび割れた隙間《すきま》から、玄関先に立つマミーの姿をキャッチしたアーサーは声を張り上げた。

「マミー！！！」

耳をつんざくようなアーサーの声に、セレニアはムフ・ムフを付けなかったことを後悔《こうかい》した。

マミーは遠くで自分を呼ぶ声がしたような気がしてあたりを見回した。

「マミー！　ぼくだよ、ここにいるよ！」アーサーは声をからして叫《さけ》んだものの、叫び声はクルミの隙間からやっとのことで漏《も》れる程度だ。

マミーには何も聞こえなかったし、何も見えなかった。スプリンクラーの水が、きちんと作動しているかどうかにだけ、ちらっと目をやった。

ベタメッシュはやっとのことで、口に突っ込まれたムフ・ムフを取り出し、文句を言った。「セレニア！　ムフ・ムフは口に入れるものじゃないよ、ひどいじゃないか！　喉《のど》がからからになっちゃったよ！」

「心配ないわよ、空から落ちてくるものを何でもかんでも、飲めばいいでしょ！」クルミの裂け目から外界の様子を観察しながらセレニアが答えた。

「飛行時間はどのくらいなの？」あいかわらず椅子にしがみついているアーサーが聞いた。

「数秒よ……もし何も問題がなければね」王女は不安げな顔で答えた。

「もし問題がなければって、どういう意味？」

「不幸に遭遇《そうぐう》しなければっていう意味よ」

　アーサーは初めて、王女がつまらないことを心配していると感じた。

「空の真ん中で、どんな不幸があるっていうのさ？」アーサーはいたずらっぽい笑《え》みを浮《う》かべながら聞いた。

「たとえば、こういうことよ！」王女は答えながら、とっさに椅子の下に身をかがめた。

　ばたばたと打ちつける雨の中から突然、巨大なミツバチが現れ、クルミに衝突《しょうとつ》してきたのだ。二台の車が正面衝突したのと同じくらいの衝撃《しょうげき》だった。ミツバチは軌道《きどう》を変えるだけの余裕《よゆう》はあったものの、方向を変えた拍子《ひょうし》にクルミの脇腹《わきばら》にあたった。その結果ミツバチは飛行機の主翼《しゅよく》にあたる羽を傷《いた》め、螺旋《らせん》を描《えが》きながら急降下して地面に落ちた。そしてクルミは震度《しんど》七を超《こ》える大地震に見舞われたすえに、完全に飛行方向を変えて、背の高い雑草が生《お》い茂《しげ》る庭の一角に墜落《ついらく》し、しばらく転がったのち、ぴたっと止まった。

　三人は、それぞれ、少しずつ正気を取り戻《もど》していった。ベタメッシュのがらくたは、車内のあちこちに散乱し、リュックサックは空っぽになっている。

「あーあ、また一から、荷造りしなきゃならないよ！」

「だから、最低限必要なものだけにしなさいって、百回も言ったでしょ！」セレニアは弟を叱《しか》りつけた。

アーサーは自分が生存していること、しかもからだがひとつのままであることを確認《かくにん》して、ほっとため息をつき、皮肉をこめて聞いた。

「ねえ、ミニモイたちの旅って、いつもこんなふうなの？」

「長距離《ちょうきょり》の旅ならもっと穏《おだ》やかよ」

「そうなんだ！」

意味はよくわからなかったが、アーサーはいずれにしても、一命を取り留めたことが嬉《うれ》しかった。

セレニアは改めて、ひび割れた部分から外を覗《のぞ》いた。

「雨が止《や》むのを待ちましょう。晴れれば良く見えるわ」

あいかわらず玄関《げんかん》先に立っているマミーは、スプリンクラーが次々と止まっていくのをぼんやりと眺《なが》めていた。庭は再び、静けさを取り戻した。孫が見つからないことに落胆《らくたん》して、長いため息をもらすと、そっと扉《とびら》をしめて家の中に入っていった。

「外が静かになったわ。今のうちに外に出ましょう」

ベタメッシュがせっせと荷造りをしているあいだに、セレニアは衝突事故で歪《ゆが》んでしまったドアを開けようとしていた。

「ミツバチのやつ！　ドアを押し込んでいったわ！　動かなくなってる！」

アーサーも手を貸したものの、ぴくともしない。

外では、怪物《かいぶつ》のようなミミズがクルミに接近しつつあった。ミミズの興味の対象はクルミではなく、クルミが転がりながら押しつぶした、美味《おい》しそうなタンポポの葉っぱなのだが、ミミズはクルミの横を通りすぎる時に、たまたま長いからだを、なんの悪気もなしにクルミにぶつけてしまった。

「今度は何だ？」アーサーは不安になった。

「わからない。でも、とにかく、ここにはいない方がいいわ」

セレニアは意を決したようにそう言うと、鞘《さや》から魔法《まほう》の剣《けん》を抜《ぬ》き出し、クルミの壁《かべ》に勢いよくばさっと突《つ》き刺《さ》した。もちろんセレニアには悪気などひとつもなかったのだが、突き出た剣の先が、たまたま、ミミズのお尻《しり》に命中してしまい、ミミズは宙に飛び跳《は》ねた。

お尻をいくつも持っていても、そのひとつを突かれるのは嬉しいことではないらしい。

偶然《ぐうぜん》の事故とはいえ、ミミズにとっては、とんでもない痛みだった。アコーデオンを畳《たた》むように、きゅーっとからだじゅうのたるみを寄せて縮ませたかと思うと、突然《とつぜん》、ぱーんと、はじけるようにからだを伸《の》ばした。クルミはミミズの強烈《きょうれつ》なシュートのボールになってしまったかのように、体感千キロメートル、つまり、千ミリメートルほど飛ばされた。当然のことながら、ベタメッシュのリュックはクルミのキャビンの中で再び、炸裂《さくれつ》した。クルミはさんざん転がったあと、せせらぎの中に落ち、小舟《こぶね》のごとく流れ始めた。アーサーは船酔《ふなよ》いしたように気持ちが悪くなった。

「止まれば、気分良くなるよ」吐《は》きそうになりながらアーサーは自分に言い聞かせた。

しかし、吐き気より深刻な問題が生じつつあった。剣を突いた時にできた穴から、水が入り込んできたのだ。毒ヘビのように流れ込んでくる水にセレニアが気づいた。

「アーサー！　これ、水じゃない!?　大変！　浸水《しんすい》しちゃうわ！」

「大変だ！」弟も一緒《いっしょ》になって、あわてふためき、姉にしがみついた。

「私たちどこにいるの？　どこにいるのよ!?」

セレニアは完璧《かんぺき》にパニックに陥《おちい》っている。

「わかんないよ、でも、とにかく、この状態から抜けださなくちゃ」

アーサーはそう言いながら、両手で魔法の剣を王女から奪《うば》い、頭上にふりかざすと、継《つ》ぎ目に沿って思い切り振り落とした。結果、クルミはまっぷたつに割れ、半かけにセレニアとベタメッシュ、もうひとつの半かけにアーサーを乗せてせせらぎを漂《ただよ》い始めた。どうやらアーサーが悪い札を引いたらしい、彼を乗せたクルミの半かけがさざ波に押されて遠ざかり始めたのだ。

「アーサー？　何とかしてよ！　助けてよ！」

セレニアの叫《さけ》びに、アーサーは顔をひきつらせながら笑みを返した。本当は、助けて欲しいのは自分の方なのだ。流されているのはアーサーで、助けて！　と叫ぶべきは彼の方なのだから。しかし、どこまでも心優《やさ》しいアーサーは腰《こし》まで水に浸《つ》かりながら叫んだ。

「心配しないで！　すぐに助けにいくよ！　このせせらぎのことなら良く知ってるんだ、右にカーブしたところできみたちを助けるから！」

「せせらぎ⁈」何をふざけたことを、とでも言うようにセレニアが叫んだ。

「今、行くよ！」アーサーは号令代わりに叫ぶと、水に飛び込み、どうにかこうにか、川の縁《ふち》につかまった。

「ほんとにアーサーって、怖《こわ》いものなしだね！」アーサーの泳ぐ姿を見ながらベタメッシュが言った。

川岸によじ登ったアーサーの姿が、すぐさま密集している背の高い雑草の中に消えた。

セレニアと弟は恐怖《きょうふ》と闘《たたか》うために、お互《たが》いにからだを寄せ合っていた。

「ぼく、死にたくないよお」ベタメッシュが声を震《ふる》わせながら泣きべそをかいている。

「大丈夫《だいじょうぶ》よ、落ち着きなさい!」姉は弟の頭をなでながら言った。

「アーサーはぼくたちのこと、見捨てると思う?」

ベタメッシュの問いに姉はしばらく考え込んだ。

「ちゃんと答えられるほど人間のことは良くわからないけど、でも、私がわずかに知ってる限りでは……見捨てる可能性は大きいわね!」

「……そうなの?」王子はうちのめされた。

「……彼が恋《こい》をしている場合を除いてはね」セレニアは、ありそうもない仮定のように付け加えた。

アーサーは枝を飛び越《こ》え、草をなぎ倒《たお》し、昆虫《こんちゅう》を避《よ》けながら、息を切らして走った。群れを成して横断するアリたちさえ巧《たく》みに避けた。

ベタメッシュはいやいやながらも、ますます姉にしがみついた。

「神様! アーサーがぼくの姉さんに恋をしていますように!! お願いします!」

アーサーは何かにとりつかれたように、自分の命が掛《か》かっているかのように、無我《むが》夢中になって走って走って、走りまくった。

この少年が恋をしていることは、明らかだ。ミニチュアのジャングルから脱出《だっしゅつ》すると、川岸に駆《か》け込んだ。

アーサーの姿に気づいたベタメッシュが指さしながら叫んだ。

「セレニア、見て!! アーサーは恋してるよ！」喜びに顔を輝《かがや》かせながら叫んだ。

「落ち着くのよ」王女は弟の興奮を和《やわ》らげようとした。

幸い、アーサーには何も聞こえなかった。アーサーはせせらぎに向かって駆け降り、ちいさな石をジャンプ台がわりにして、勢いよく宙に半円を描《えが》きながら飛び込んだ。夕方のニュースのスローモーション映像にふさわしいジャンプだった。しかし、着地についてはは珍《ちん》場面集のひとこまにうってつけのものになってしまった。

アーサーはボウリングのボールがピンをなぎ倒すように、クルミのうえのふたりの上になだれ込んでしまったのだ。

「ごめんなさい」アーサーは頭をかきながら謝った。

「愛は翼《つばさ》を与《あた》えるものなんだなあ」ベタメッシュが腰をさすりながらつぶやいた。

「でもさ、この通り、きみたちを見捨てなかったでしょう？」アーサーは胸を張って言った。

「最高だわ！　ふたりで死ぬより、三人で死にましょうね！」王女はアーサーにつっかかった。

「誰《だれ》も死なないよ、セレニア！　まさか、こんなにちいさなせせらぎが怖《こわ》かったわけじゃないでしょう？」アーサーが驚《おどろ》いて聞いた。

「ちょっと、これはちいさなせせらぎなんかじゃないわよ、アーサー！　荒《あ》れ狂《くる》う川よ、向こうの世界では地獄《じごく》に続く滝《たき》と呼ばれているのよ!!」

アーサーは下流を見た。確かに、ざわめきは地獄から聞こえて来るように思えた。たちまち湿気《しっけ》が立ち上ってきた。湿度百パーセントといったところだ。

「そ……そんなふうに呼ばれていたなんて、し……知らなかったよ」アーサーは口ごもった。

滝のうなりはますます大きくなってきた。ナイアガラの滝をスポイトにたとえてもおかしくないくらいの勢いだ。

アーサーが呆然《ぼうぜん》と立ちつくしているあいだも、クルミは流されていく。

「ねえ、死ぬ前に何かアイデアはないの？」

セレニアに肘《ひじ》で突《つ》っつかれ、アーサーは、はっと正気にかえり、周りを見回しながら考えた。滝のちょうど少し手前のところに、太い木の幹がせせらぎをまたぐように伸びている。

「きみの三百の機能のナイフに、綱《つな》はついてない？」ベタメッシュに聞いた。

「ついてないよ、たいしたモデルじゃないもん」

アーサーはセレニアを足の先から頭のてっぺんまでチェックした。ことさら、胸元《むなもと》のあたりを。「いいことを思いついた！　ちょっと失礼！」アーサーはセレニアのビュスチエのひもをほどきながら言った。

「本当に恋してるみたいだ！」ベタメッシュが口をはさんだ。

セレニアはアーサーの手をぱちんと叩《たた》き、きっぱりと言った。

「死にそうだからって、なんでも許されると思わないで！」

「違《ちが》うよ、そうじゃないよ！　きみの考えているようなことじゃないよ！」アーサーは王女の勘《かん》違いにまごつきながら抵抗《ていこう》した。「綱をつくるために必要なんだよ！　あの木によじ登るために。それがぼくらに残された唯一《ゆいいつ》のチャンスだ」

セレニアはためらいつつも承諾《しょうだく》した。アーサーは一気に引っ張った。ひもはするすると抜《ぬ》き取られ、セレニアは胸をさらしたくなければ、両腕《りょううで》を前で組まなければならなかった。彼女の年頃《としごろ》では、おおげさに隠《かく》すほどでもないのだけれど、つつしみの問題だ。「トップレス」は王女たちには許されない。

魔《ま》法《ほう》の剣《けん》を手に取ると、急いでひもを取っ手に巻き付けた。

「まず、ベタメッシュ、次にセレニア！　時間がない、急いでやらなきゃ！」アーサーが剣を振りかざしながら言った。

「ねえ、自分のしてることに、自信あるの？」セレニアが疑わしげに聞いた。

「まあね……ダーツよりは難しくないはずだけど」

木の幹に照準を当てながらアーサーは答え、力いっぱい剣を投げた。刃《は》が宙を飛んだ。

まるでロケットだ。そして木の真ん中に突き刺さった。

「イエーッス！」アーサーは勝利の印に腕をぶんぶん振り回しながら叫んだ。

ふたりは、この原始的な体操を呆気《あっけ》に取られながら見ていた。

クルミはたちまち幹の真下まで流れ着いた。

「準備はいいか？　いくぞ、ベタメッシュ、がんばれ！」

アーサーの掛け声に勇気づけられ、ベタメッシュは綱をつかむや、まるで猿《さる》のようにアーサーの頭上によじ登った。

アーサーは滝に向かって流れようとしているクルミの中で、必死に足を踏《ふ》ん張った。

ベタメッシュは幹にはいあがり、四つんばいになった。

「セレニア、きみの番だ!!」

水の流れがあまりにうるさくて、アーサーは声を張り上げなくてはならなかった。セレニアは反応しない。彼女を連れ去ろうとしている高ぶる水に怯《おび》えきっているのだ。

「セレニア！　急いで！　のんびりつかんでる暇《ひま》はないんだから!!」

両手で綱を握《にぎ》りしめ、両脚《りょうあし》を必死で踏ん張らせながらアーサーが叫《さけ》んだ。セレニアは勇気をかき集め、胸をはだけて綱をつかんだものの、必死のあまり、アーサーの顔を踏んづけていることにもおかまいなしだった。

「ひ、ひ、そうだ、フレニア！　はんばれえ……！」顔を歪《ゆが》めながらもアーサーは王女を激励《げきれい》した。

セレニアはやっとのことでアーサーの頭の上に登り、弟と同じように幹にはいあがって四つんばいになった。そして最後に、アーサーがへとへとになりながらも最後の力をふりしぼり、水流に激しく揺《ゆ》さぶられながら、必死で綱によじ登った。クルミはアーサーの足が離《はな》れると、たちまちのうちに流れにのまれ、地獄の滝へと転がり落ちていった。もし三人が乗っていたら、と想像することさえ恐《おそ》ろしい勢いで。

三人はベタメッシュを先頭に幹の上を這《は》って、地上に降り立った。セレニアは水た疲労困憊《ひろうこんぱい》のアーサーは地面に膝《ひざ》をついたまま、しばらく動けなかった。

まりの端《はし》っこに落ちていた木の枝に腰掛《こしか》け、ぐったりとしている。ベタメッシュは、そのすぐそばで水びたしになったシャツの裾《すそ》を絞《しぼ》っている。やっとのことで普通《ふつう》に呼吸ができるようになると、アーサーは木に刺さった剣を抜き取り、セレニアの方へ近づいた。

「大丈夫《だいじょうぶ》？」

「ひもを返してもらえたらね」彼女は胸を両腕で隠しながら答えた。

アーサーは剣をくるくる回して、綱をほどき始めた。

「さっきは死ぬほど怖かったよ！」地面に足をつけていることに大満足しているベタメッシュが素直《すなお》に言った。

セレニアは、まるでこの大冒険《だいぼうけん》を軽く見ているように、肩《かた》をすくめてみせた。

「そう？　たかが水じゃない！」

誰の目にも、セレニアが虚勢《きょせい》を張っていることは明らかだった。すると、次の瞬間《しゅんかん》、まるで天から罰《ばつ》が下されるように、小枝がぱきっと折れ、セレニアは水たまりの中にぽちゃんと落ちてしまった。

「きゃー!!　アーサー！　助けて！　私、泳げないのよお！」

王女は鳥の雛《ひな》のように腕をばたつかせ、あわてふためきながら叫んだ。

こんな時、真の男なら、自分の心と勇気に素直に従うしかない。アーサーは小枝に飛び乗り、見事なジャンプで水たまりのプールに挑《いど》んだ。ところが水深があまりに浅かったため、悲惨《ひさん》にも、もろに頭をぶつけてしまった。

「そうとう恋《こい》してるんだなあ！」アーサーを気の毒に思いながら、ベタメッシュがつぶやいた。

アーサーは頭をかかえながら立ち上がった。水は膝までしかないのに。王女はあいかわらずもがいている。

「セレニア！　足がついてるじゃないか！」

アーサーにそう言われて、王女は少しずつ落ち着きを取り戻していくと、確かに自分の足が底についていることに気づいた。

「へへ……たかが水だもんね！」弟が、ここぞとばかりに茶々をいれた。

「ひもを返してもらえる？」王女はむっとしながらアーサーに頼《たの》んだ。

彼女は両手でひもを奪《うば》い取ると、見られないように少年たちに背を向けた。

「命を救ってもらったのは、これで二度目だよ！」ベタメッシュが姉の怒《いか》りをわざとあおろうとした。

「親切な人なら誰《だれ》でもすることでしょ」王女はまだ虚勢を張り続けている。

「そりゃそうだろうけど……それにしたって、ありがとうくらい言ってもいいと思うけどね！」ベタメッシュも引かない。

アーサーは、もういいよ、と手でベタメッシュに合図した。もともと褒《ほ》められることは苦手なのだ。

それでもベタメッシュは引きさがらない。姉の痛いところをついて、からかうのが大好きなのだ。

セレニアはビュスチエのひもを結び終えると、もじもじしているアーサーの前に進み出て、まずは両手で剣を奪った。

「ありがと！」乾《かわ》いた声で言うと、すぐさま遠ざかった。

ベタメッシュはにやっと笑い、肩をすくめながら言った。

「王女って、こういうもんなのさ！」

アーサーは荒《あ》れ狂《くる》う水流よりも理解しがたい女性の心理に直面し、途《と》方《ほう》に暮れていた。

14

マミーは玄関《げんかん》の扉《とびら》を開けて、制服姿の巡査《じゅんさ》をふたり中へ通した。ふたりとも帽子《ぼうし》は礼儀《れいぎ》正しく手に持っている。

「四年前に夫が姿を消してしまったと思ったら、今度は孫がいなくなってしまって……もうこれ以上、こんな不幸には耐《た》えられません……」マミーはレースのハンカチをぎゅっと握《にぎ》りしめながら告げた。

「落ち着いてください、マダム・スショ」いつもと変わらぬ優《やさ》しさでマルタンが言った。「ちょっとした家出でしょう。昨日からいろいろなことが起きたせいで、お孫さんも気が動転してしまったのでしょう。そう遠くには行ってないと思いますよ」

巡査は遠くに目をやりながら言った。本当は、芝生《しばふ》にかがみこんでみれば、アーサーはすぐそこにいるのだけれど。

「近辺をパトロールしてきます。きっと見つけますから、安心していてください」

マルタンの口から出たパトロールという言葉で、マミーはふと、アーサーがこしらえて溝《みぞ》の中で巡回《じゅんかい》させていたパトロール隊のことを思い出した。テレビの連続ドラマのヒーローのように自信に満ちた孫の姿が目に浮かび、少しだけ勇気づけられた思いで、ほっとため息をついた。「よろしくお願いします……」

ふたりの警官は深々と頭を下げると、帽子を被《かぶ》りながら車に乗り込んだ。

マミーは軽く会釈《えしゃく》をしながら去っていく車を見送った。地面に響《ひび》くエンジン音は、雑草を揺《ゆ》らした。ミニミニサイズのミニモイにとっては、なんでもない車の発進音さえ、大地震《じしん》のように感じるものだ。

「今の何？」不安になったアーサーが聞いた。

「人間よ」慣れっこになっているセレニアがあっさりと返事をした。

「ああ……」アーサーは少し罪の意識を感じながら、つぶやいた。人間の日常生活のなんでもない行為《こうい》が下の世界にどんな影響《えいきょう》を及《およ》ぼしているかなどこれまで考えたことがなかったのだ。

ベタメッシュが、泥《どろ》だらけで、しかもしわくちゃになった地図を開いた。

「くそっ！　何にも見えなくなっちゃったよ。これからどうしたらいいんだ？」

王子の不安をうち消すように、アーサーが空を見上げ、手を伸《の》ばして道を示しながら言った。

「太陽があそこにあるってことは、貯水槽《ちょすいそう》は北だから……向こうに歩いていけばいいんだ！　うん、間違《まちが》いないよ！」

自信に満ちた足取りで茎《くき》をかきわけて進んでいったかと思ったら、巨大《きょだい》な穴の縁《ふち》に足をとられ、滑《すべ》り落ちそうになってしまった。まさに噴火口《ふんかこう》だ。幸い、根っこにしがみついて、百メートルの墜落《ついらく》は免《まぬか》れた。アーサーは根っこをよじ登って噴火口の縁にはいあがった。

「なんなんだ、これ？」アーサーはぽっかりと開いた穴を目の前にして茫然《ぼうぜん》としながらつぶやいた。

「これも人間の仕業《しわざ》よ」セレニアが悲しそうな顔で答えた。「まるで私たちの滅亡《めつぼう》を誓《ちか》っているみたいに、昨日から私たちの国のうえに、穴をいくつも掘《ほ》り始めたの」

他《ほか》でもない、アーサーが宝物を探そうとして掘った穴だ。すぐにでも謝りたかったが、口に出す勇気がない。

穴の反対側の斜面《しゃめん》を、背中に大きな土のかたまりを乗せたアリの群れが、列をなしてせっせと降りていく。

「アリたちにしてみれば、この穴を埋《う》めるのは、何ヶ月もかかる大仕事になるでしょうね」セレニアが言うと、弟も悔《くや》しそうな顔をして続けた。「ばかな奴《やつ》らが、何のためにこんな穴を掘ったのかだけでも、せめて、知りたいね！」

アーサーはいたたまれない気持ちになった。その、ばかな奴というのは自分だと説明したかった。

「あんたもばかよ、ベタ！　人間は私たちの存在を知らないのよ。どんな害をもたらしてるか、わかるわけがないでしょ」セレニアが寛大《かんだい》な心で弟に説明した。

「もうすぐ人間にもわかるよ」アーサーが口をはさんだ。「もう、こんな悲惨《ひさん》なことは起こらない。ぼくの言葉を信じていいよ」

「……だといいわね」疑《うたぐ》り深い口調でセレニアが答えた。「それより、もうじき日が暮れるわ。寝《ね》る場所を探さなくちゃ」

一日の終わりを告げるオレンジ色の光が、景色をモノクロの世界に変えていた。空だけが夜特有の深いブルーだ。

三人は一輪ぽつんと咲《さ》いている真赤なひなげしの花に向かって歩いた。

ベタメッシュが万能《ばんのう》ナイフを取り出し、いじくり回した。「メタグルはどこだったかな？」

ボタンのひとつを押すと、おおきな炎《ほのお》がナイフから飛び出した。

アーサーはとっさに身をかがめた。炎が髪《かみ》の毛に飛び火するところだったのだ。

「おっと、ごめん！」ベタメッシュが謝った。

「私によこしなさい、人を傷つけるところだったのよ！」セレニアが弟の手からナイフを奪《うば》い取った。

「まだ慣れてないんだもん、仕方ないじゃないか。これをもらったのは、誕生日の時なんだから」王子が抵抗《ていこう》した。

「ベタメッシュ？　きみ、いくつなの？」

アーサーが年を尋《たず》ねると、王子は嬉《うれ》しそうに答えた。

「三百四十七歳だよ。十八年後には成人式なんだ」

は？　アーサーは頭の中でそろばんをはじいてみたが、こんがらがってしまった。

セレニアが正しいボタンを押すと、メタグルとふたりが呼んでいる糸のようなものが噴出し、ひなげしの花びらにぺたりとくっついた。スパイダーマンでも、これほど上手にはできないだろう。さらにピックを取り出して地面に刺《さ》すと、ちょっとしたメカニズムが作動し、糸を巻き込みながら花びらを引っ張った。まるで要塞《ようさい》に掛《か》かっている跳《は》ね橋のようだ。

アーサーはあいかわらず、年を計算しながら王子に聞いた。

「で……セレニアは？　お姉さんはいくつなの？」

「もうすぐ千歳になるよ。物心のつく年だね」王子は少しうらやましそうに答えた。「あさってが姉さんの誕生日なんだ」

十歳になったことを誇《ほこ》らしく思っていたアーサーは、もう何がなんだかわからなくなった。

地面についている花びらにセレニアはよじ登り、花の中に入った。そして短刀を取り出して雄《お》しべをつかみ、根本から切って手でよく振《ふ》った。すると、雄しべから落ちる黄色のちいさな玉でふんわりしたベッドができあがった。アーサーはその様子にうっとりと見とれてしまった。

セレニアは無用になった雄しべの茎を投げ捨て、地面で待っていたふたりの少年に、登ってくるよう手招きした。

ベタメッシュは花に入り込むと、待ってましたとばかりに黄色のベッドに直行した。「くたくたで死にそうだよ。おやすみ!」そう言ったかと思うと、バタンキューと眠り込んでしまった。

「すぐに眠《ねむ》れるんだ、すごいね」アーサーはマミーのようにブランデーを飲まなくてもこんなにすぐに眠れる人がいることに驚《おどろ》いて言った。

「若いからね」

セレニアは答えると、弟のリュックサックからちいさな玉を取り出し、勢いよく振って明かりを灯《とも》した。ふわっと手から放すと、光の玉はひなげしの中で、ゆらゆらと漂《ただよ》った。

「ねえ、セレニア、本当に、あさって千歳になるの？」

「そうよ」

あっさりと答えてから、短刀でメタグルの糸を切った。地面についていた花びらが、すーっと持ち上がり、ひなげしは元の姿に戻《もど》った。

花の中はやわらかな光に包まれ、なんともロマンチックな雰囲気《ふんいき》だ。もしアーサーが歌手だったら、愛の歌を口ずさんだことだろう。

セレニアは子猫《こねこ》のようにからだを伸ばすと、黄色のベッドに横になった。アーサーは魅了《みりょう》され、うっとりしてしまい、つまり、どうしてよいかわからなかった。ゆっくりと彼女の横に腰《こし》をおろした。セレニアは何も言わない。考え事をしているのだ。

「……あさってには、父の後を継《つ》がなくてはいけないの。そして、私の子供たちが千歳になって後を継ぐまで、私がミニモイの民族を統率《とうそつ》していくの。七つの国は、こうして存続していくのよ」

夢見心地《ゆめみごこち》で聞いていたアーサーは、しばらく間をおいてから聞いた。

「でも……子供を作るためには……夫が必要なんじゃないの？」

「そうよ！　でも、あと二日あるもの。見つかるでしょ。おやすみ！」

アーサーはセレニアに背を向けられてしまい、聞きたいことを山ほどかかえたまま、ひとり、ぽつんと取り残された。本当に寝てしまったかどうか確かめるために、王女の顔を覗《のぞ》き込んでみたが、もうすでにかすかな寝息をたてていた。

アーサーはため息をつき、王女の隣《となり》に体を横たえた。考えてみれば、それだけでも、けっこう悪くない。アーサーは両手をうなじの下に置いて、ひとりでにっこりと笑った。

夜空には星がまたたいている。

夜の丘《おか》を照らす灯台のように、森の中で、赤いひなげしだけが、光を放っている。

月明かりの下、ベタメッシュの万能ナイフがきらりと光った。

何者かの手が現れ、ナイフをつかんだ。ごつごつとした、恐《おそ》ろしい手だ。しかし、深まる夜が、犯罪者の姿を闇《やみ》に包んでしまった。

マミーがランタンを手に玄関口に立っている。ろうそくのかすかな明かりで周囲を照らしてみたものの、静まりかえった家の周辺にはアーサーの居所の手がかりになるものは何も見えない。

がっくりと肩《かた》を落とし、マミーはあきらめてランタンを杭《くい》に吊《つる》した。

15

夜が明けて、ひなげしの花に朝日が降り注いでいる。セレニアは子猫のようにからだを伸《の》ばしながら上体を起こすと、勢いよく飛び起きて、足でふたりの少年をつっ突《つ》いた。

「さあ、ふたりとも起きて！　まだまだ先は長いのよ！」

花の寝室《しんしつ》の中でセレニアの声が響《ひび》いた。

まだまだ眠りたりない、ねぼけまなこの少年たちは、やっとのことで起きだした。アーサーはからだじゅうが痛かった。冒険《ぼうけん》に満ちた夢のような一日の名残《なごり》であることには違《ちが》いないが、その冒険は過酷《かこく》なものだった。

セレニアが足で一枚の花びらを蹴《け》ると、外の日差しが花いっぱいに注ぎ込んだ。いきなり太陽の光にさらされ、少年たちはとっさに目をおおった。

「ＯＫ！　それなら別の方法で目覚めさせてあげるわよ！」

セレニアが号令をかけるように言った。

ベタメッシュは花びらに飛び乗り、軽《かろ》やかに地面に着地した。アーサーもそれに続いたが、着地に失敗して尻餅《しりもち》をついてしまった。最後になったセレニアは滑《すべ》り台遊びでもするように、すーっと優雅《ゆうが》に滑り降りた。

「みんな、シャワーを浴びるわよ！」

セレニアに命令されて、老人のように、よいしょっと立ち上がったアーサーがぶつぶつ言った。「きみたちの世界の目覚めは、なんかすごく乱暴だね。ぼくの家ではマミーが毎日、ベッドに朝食を持ってきてくれるんだけどな」

「私たちの世界で朝食をベッドに運んでもらえるのは、王だけよ。私の知ってる限りでは、あなたはまだ王ではないでしょ！」

アーサーは、まるで無意識のうちに「王になるんだ！」とでも叫《さけ》んでしまったような気がして、顔が真っ赤になった。王になる、これは今のアーサーにとって、胸に秘《ひ》めた夢なのだ。とはいえ、権力が欲しいのではない。二日後に女王となるセレニアの横にいつもいられるように、彼女の夫になりたい、その幸せを摑《つか》みたいだけだ。

「文句言うなよ、アーサー。ぼくなんか、二百年前から姉さんの足蹴りで起こされているんだから！」ベタメッシュが言った。

セレニアは草の先っぽにしがみつくようにして載《の》っている朝露《あさつゆ》の下に入り込んだ。そして髪《かみ》を結《ゆ》ってあるヘアピンのひとつを抜《ぬ》き取って、すっと水滴《すいてき》に刺《さ》すと、ちょろちょろと流れ出した水を手のひらですくって、顔を洗った。

アーサーはその様子を楽しそうに眺《なが》めた。シャワーカーテンの中で浴びる、いつものシャワーとは大違いだ。アーサーもセレニアをまねて、葉の上に載っている、おおきな水滴の下に潜《もぐ》り込んだ。

「そこは止《や》めておいた方がいいと思うわ」王女がアーサーに忠告した。

「そうなの？　どうして？」

「新鮮《しんせん》な朝露じゃないもの」セレニアが答えおわらぬうちにアーサーはゼリー状のおおきな水滴をすっぽりと頭からかぶってしまった。まるで、やわらかなクリームキャラメルを頭上から喰《く》らったハエのようだ。

ベタメッシュはお腹《なか》を抱《かか》えて笑った。

「いじめに遭《あ》った新入生みたいだ！」

「クジラみたいに笑ってないで、助けてよ！」

「ＯＫ！　今、行くよ」

ベタメッシュはアーサーをすっぽりおおっている水滴の上に飛び乗り、トランポリン遊びのように両脚《りょうあし》をそろえて、ぽんぽんと楽しそうに跳《と》び始めた。おまけに、ミニモイの国の子供たちのあいだで良く知られた童謡《どうよう》を歌いながら。

　ある朝、水のしずくが落ちてきた
　悲しみを紛《まぎ》らわすために、通りまで転がった
　誰《だれ》もしずくさんの話を聞かない　誰もしずくさんに手を貸さない
　そこで、しずくさんは通りを歩き始めた、みんなに、さよなら、と言って！

セレニアは弟に一番しか歌わせておかなかった。剣《けん》を取り出し、ばさっと水滴を斬《き》りつけると、しずくの上で跳びはねていたベタメッシュは急直下して、アーサーに馬乗りになった。ふたりの少年はシャワーを浴びるまでもないほど、びしょ濡れになった。

「死ぬほどお腹が空《す》いたよ、ねえ、空かない？」ベタメッシュは何ごともなかったように聞いた。

「食べるのは、もう少しあとにしましょう！」

セレニアは剣をしまい、道をかきわけて進み始めた。

ベタメッシュはあわててリュックサックをかつぎ、姉が昨日、寝《ね》る前に突き刺しておいたはずの、例の万能《ばんのう》ナイフを探した。

「ぼくのナイフがない！　消えちゃったよ！　セレニア？　ナイフを盗《ぬす》まれたよ！」

「グッドニュースね！　これで誰も傷つけずにすむわ」すでに遠ざかりながら、姉が言い返した。

王子はひどく悔《くや》しい思いをしながらも、必死でふたりのあとを追った。

マミーが玄関《げんかん》先に姿を現した。太陽は今日も惜《お》しみなく日差しを降り注いでくれているものの、アーサーの姿はない。配達されているはずの牛乳もない。そのかわりに、メモが置いてある。

『マダム・スショ。あなたの銀行口座は赤字になっています。よって、貸借勘定《たいしゃくかんじょう》が精算されるまで配達をすることはできません。ダヴィド・ミルク・コーポレーション　エミール・ジョンソン支配人』

マミーは思わずぷっと笑ってしまった。もう、こんなことくらいでは驚《おどろ》かないわ、という印のように。

マミーはあきらめて、戸口に吊《つる》してあるランタンを外して家の中に入った。

ベタメッシュは先程《さきほど》から赤い実をつんでは口に放《ほう》り込んでいる。王子は本当にお腹が空いているのだ。アーサーも彼の真似をして赤い実をつむと、ちょっと疑わしげな顔でその実を眺めた。

「ぼくの大好物なんだ」ベタメッシュは実をほおばりながら言った。

アーサーは、透明《とうめい》がかった実を鼻にあてて匂《にお》いをかぎ、口に入れて噛《か》んでみた。ちょっと甘酸《あまず》っぱい味がする。舌のうえに載せると、綿菓子《わたがし》のようにすっと溶《と》けた。なかなかいけると思ったアーサーは、もうひとつ、つんで口に入れた。

「ほんとだ、美味《おい》しいね。これって、何なの？」アーサーも口いっぱいにほおばりながら聞いた。

「とんぼの卵だよ」

ベタメッシュの答えにぎくっとしたアーサーは喉《のど》をつまらせ、ぺっと吐《は》き出した。

王子はくすくす笑いながら、またもうひとつ口に放り込んだ。

「ちょっと来て！」少し離《はな》れたところで、セレニアが叫んだ。

アーサーが口をぬぐいながら駆《か》けつけると、セレニアは人間の手によって掘《ほ》られた大運河の縁《ふち》のところに立っていた。運河に沿って、見るもおぞましい赤と白のストライプのチューブが均等に並んでいる。

アーサーは、この恐《おそ》ろしい光景にぞっとした。自分のこしらえたものとはいえ……。もちろん、アーサーの自慢《じまん》の用水路のことだ。自分の作品が、下から見上げた時に、こんなにも醜《みにく》いものとは想像さえしていなかった。

「ひってえ！」追いついてきたベタメッシュは叫び声をあげた。「人間って、ほんとにどうかしてるよな！」

「ほ、ほんとだよね、こうして見上げると、あんまりきれいじゃないね……」アーサーはまごまごしながら答えた。

「何に使うのかしら、誰か思いあたることある？」セレニアがうんざりしたように尋《たず》ねた。

アーサーは偏見《へんけん》をぬぐうためにも、自分で説明する義務があると感じた。

「これは……用水路なんだ。水を運ぶのに使うんだよ」

「また水か！」ベタメッシュが叫んだ。「このままだと、みんな溺《おぼ》れ死ぬことになるね！」

「ごめん、知らなかったんだ」アーサーは心から恐縮《きょうしゅく》して謝った。

「まさか、こんな恐ろしいもの、きみが作ったわけじゃないよね？」王子は眉間《みけん》にしわを寄せながら聞いた。

「いや、ぼくだよ、ぼくが作ったんだ。でも、ここで育てている野菜に水をやるためだったんだ」

「ああ！　きみたち人間は、こんな胸《むな》くその悪くなるようなものも食べてるってことか」

セレニアは黙《だま》ったまま、ただ、アーサーの用水路を観察していた。

「いずれにしても、あなたの発明がMに見つからないことを祈《いの》るしかないわ。だって、あいつのことだから、こんなものを見つけたら何をするか……だいたい想像がつくもの」

アーサーはびくっとしてからだが凍《こお》り付いた。彼女の言葉のせいだけでなく、セレニアの背後に見えてきたもののせいだ。

「……遅すぎたかも」アーサーと同じものを見たベタメッシュがつぶやいた。

振《ふ》り向いたセレニアの目に、運河の奥の方から、こちらに向かってくるセイドのグループの姿が映った。蚊《か》に乗っている者もいれば、チェーンソーでストローをばさばさと斬りつけながら歩いてくる者もいる。

切られたストローは地面に落ち、運河の中央のせせらぎまで転がっていく。伐採《ばっさい》された木の幹が水の流れにのって川をくだっていくように、次々と流されていく。

三人のヒーローたちは茂《しげ》みに隠《かく》れて、セイドたちの巧妙《こうみょう》なやり口を見張ることにした。

「ぼくのストローで何をしようっていうんだ？」

「もしも、ぼくらに関係のないことなら、けっこう良いことしてると思うけどね」

ベタメッシュがアーサーの疑問に答えるや、姉からこつんと頭を叩《たた》かれた。

「ばかなこと言う前に、少しは考えたらどう！　あいつらはミニモイ族が、どれほど水に弱いかをよく知っているの、あいつらは水を……自分たちの思いどおりに運ぶ方法を探し出しに来たのよ」

まるで嫌《いや》な考えが目の奥を通過したかのように、セレニアの目が曇《くも》った。

「……で、あいつらは、どこに水を運ぶと思う？」すでに答えを知っている王女は自分に問いかけるように言った。

セイドのひとりがストローを斬ると、ものすごい騒音《そうおん》を立てて地面に落ちた。

「ぼくらの町にだよ！」ベタメッシュは、はっと気づいて叫《さけ》んだ。「大変だ！　みんな溺れ死んじゃうよ！　これもみんなアーサーの発明のせいなの?!」

アーサーはあまりの罪悪感に、まともに息もできなくなってしまった。お腹《なか》のあたりがきゅっと締《し》め付けられ、思わず泣きだしそうになってしまった。アーサーは目に涙《なみだ》を浮《う》かべたまま、がばっと立ち上がると、せせらぎに向かって歩き出した。

「どこ行くのよ？」セレニアがセイドたちに声を聞かれないよう、ひそひそ声で聞いた。

「自分のしたバカなことの償《つぐな》いをしにいく！」アーサーはプライドたっぷりに答えた。

「もしきみの言うことが本当なら、あいつらはストローをネクロポリスまで運んでいくだろう。ぼくもストローと一緒《いっしょ》に行く！」

アーサーは茂みから飛び出すと、たった今、斬《き》られたばかりのストローの中に潜《もぐ》り込んだ。

セイドたちは骨の折れる重労働に精を出すあまり、アーサーの姿に気づかなかった。アーサーはふたりの仲間を手招きした。

「アーサーって、本当に怖《こわ》い物知らずだよな！」ベタメッシュが感心したように言った。

「確かにね、でも、彼の言うことは正しいわ。ストローは禁断の地までたどり着くはずだわ……私たちも一緒に行くのよ！」

セレニアは弟に言って聞かせると、すぐさま茂みを飛び出し、アーサーが中で待っているストローに潜り込んだ。

セレニアの姿も彼らの目には入らなかった。しかし、着々と仕事を進めているセイドたちがアーサーの潜り込んだストローへと近づいている。ベタメッシュも今すぐ乗り込まないと置いていかれる。

「それにしても、時々でいいから、ぼくにも意見を聞いてくれてもいいのになあ」ベタメッシュは不平をもらしながら、ストローの中へと急いだ。

まもなくしてセイドのひとりが三人が身を潜《ひそ》めているストローに近づき、足で蹴《け》って、せせらぎへと押しやった。ストローは水面を滑《すべ》り始めた。中の三人はあちこちに体をぶつけながら、またしてもパニックに陥《おちい》っている。

「もう、たくさんだよ、こんな乗り物！　背中が痛くてたまらないよ！」

「ベタ！　ぶつぶつ言ってないで、あんたのムフ・ムフを貸してよ！」姉が叫んだ。

「ぼくの口に押し込むんだとしたら、絶対にお断りだよ！」

「いいから、早くよこしなさい！」姉は断固とした口調で命令した。

ベタメッシュはぶつぶつ言いながらも、リュックサックからムフ・ムフを取り出し、姉に渡《わた》した。

「穴をふさぐためよ！」

セレニアはそう説明しながら、ムフ・ムフをストローの両端《りょうはし》にひとつひとつ投げた。

「トローチをちょうだい、早く！」

ベタメッシュは吹《ふ》き矢の筒《つつ》を取り出し、ちいさな白いトローチに差し込むと、ムフ・ムフめがけて勢いよく吹いた。するとムフ・ムフはあっというまにふくらみ、固くなって紫《むらさき》色に変わった。反対側にも同じことをすると、ストローは一分の隙《すき》もなくぴったりと締まり、外界から完全に隔離《かくり》された。

セレニアは両手をこすりながら言った。「これでよしと。水が入らずにすむわ」

「それに、落ち着いて旅ができる」ベタメッシュも横になりながら、姉に賛同した。

しかし、穏《おだ》やかな旅は長くは続かなかった。ちいさなせせらぎは、別の流れと合流し、みるみる大きくなっていくようだった。

「変な音がする、そう思わない？」アーサーがふたりに聞いた。

セレニアは耳を澄《す》ませてみた。確かに、低音のバイブレーションのような、こもった騒音のざわめきが聞こえる。

「アーサー、あなたは何でも知ってる、そうでしょ？　この流れはどこに向かってるの？」

「よくはわからないけど、でも、どんな水の流れもいつかは他《ほか》の流れと合流して、最後には同じ場所に流れ着くんだ、つまり……」

アーサーはセレニアの質問に答えながら、自分が何を言おうとしているのか、だんだんはっきりしてきた。

「地獄《じごく》の滝《たき》だあ!!」動揺《どうよう》した三人は、声をそろえて叫んだ。

三人の目の届かないところで、最初の何本かのストローが底知れぬ滝に呑《の》み込まれていった。

「ほんとに、あなたって、いつもナイスなアイデアを出してくれるわよね」セレニアがアーサーを皮肉った。

「そこまで考えていなかったから……」

「いいわ、次に何かする時には、行動する前に考えてね！　ベタメッシュ！　何か持ってないの？　ここから出なきゃ！」

「急ぐよ、急ぐから、ちょっと待ってよ！」

姉に命令されて、弟はがらくたばかり詰《つ》まったリュックサックをひっくり返した。

「ちょっと待って、どうしてふたりとも、そんなに慌《あわ》てるの？」アーサーが聞いた。「穴はムフ・ムフでしっかり閉じてあるんだし、ぼくらは守られているじゃない。それに、滝だって、たいしたことないよ。せいぜい一メートルくらいだよ」

ストローは滝とすれすれのところまで来ていた。ミニモイ・サイズにすると千メートルは落下することになる。しばらくするとストローはかくんと頭を下げ、宙を舞《ま》った。

「ママー!!」

三人はまたしても声をそろえて叫んだものの、騒音が彼らの祈《いの》りをかき消してしまった。永遠とも思える長い長い数秒のダイビングを経て、ストローは泡《あわ》の渦《うず》の中に落ち、もみくちゃにされたあげく、ある流れに呑まれて、ちいさな湖の方へと流されていった。

「乗り物なんか嫌《きら》いだ、どんな乗り物も大っ嫌いだ！」

ベタメッシュはリュックサックの荷造りをすることにうんざりしながら言った。

「滝は通過した。これで、ずっと静かになるよ」アーサーがふたりを安心させようとして言った。

何本かのストローが、怖いくらい静かな湖の中央に漂《ただよ》っている。するとまるで空から車でも降ってきたように、正体不明の生き物が両脚《りょうあし》をそろえて三人のストローの上に飛び乗ってきた。

ストローの透明《とうめい》な部分を通して、その生き物の足だけは見えるのだが、その醜《みにく》い形は三人を安心させるどころか、いいようのない不安に陥《おとしい》れた。

「ねえ、なんだろう、これ?」ベタメッシュはストローの奥に引っ込んだ。

「知るわけないでしょ!」セレニアがいらいらしながら返した。

「黙って!」アーサーが声をひそめて言った。「静かにしていれば、絶対に通り過ぎていくはずだよ」

アーサーの言うとおりだった。少なくとも三秒間は。四秒後、けたたましいチェーンソーの音がしたかと思うと、ストローが切断された。刃《は》とすれすれのところにいたセレニアは恐怖《きょうふ》の叫《さけ》び声をあげた。

うろたえ騒《さわ》ぐ三人の叫び声がはじけ、ストローの車内は、まさにホラー映画のワンシーンのようになった。ストローは上から三分の二の位置にある、ぎざぎざのアコーデオン部分すれすれのところで切り落とされた。三人そろって四つんばいになって反対側に逃《に》げようとしたものの、その生き物もひと跳《は》ねで反対側に移動してしまったものだから、みんなであわてて引き返さなくてはならなかった。三人は水とすれすれの、つまり、人生の最後ともすれすれの、アコーデオン状のところにいた。

生き物は今度は先程《さきほど》とは反対側の、アコーデオン部分ぎりぎりのところをチェーンソーで切り落とした。どうやらこの生き物は、三人を隠している、ずんぐりとした部分にだけ興味があるらしい。三人はぶるぶると体を震《ふる》わせながら、ラブラブのミュル・ミュルのように、腕《うで》と腕をしっかりと絡《から》め合った。

生き物は依然《いぜん》として、ストライプ模様のアコーデオンの上に立っている。内側からは足しか見えない。しかし、何か感じたのだろう、というのも、膝《ひざ》と、それに手も見えてきた。そして、ストローの切り落とされた空洞《くうどう》に、逆さまになった頭が現れた。長い三つ編みの髪《かみ》が、ぶらぶらと垂れ下がっている。

クーロマッサイ族だ。ミニモイ・バージョンのレゲエの歌手といったところだ。

男はゴーグルを外し、怯《おび》えきっている三人をしげしげと観察したすえ、白く、きれいな歯を見せて、にっこりと笑った。頭が下向きで、笑顔《えがお》も逆さまになっているため、アーサーにはその笑顔が意味するところがよくわからなかった。

「こんなところで何をしてるんだい？」妙《みょう》に嬉《うれ》しそうにクーロマッサイが聞いた。

セレニアは、クーロマッサイの背後からセイドが近づいてくるのに気づいてしまっただけに、余計に答えるのをためらった。

「もしセイドに見つかったら、あなたに説明すらしてあげられないわ」

セレニアがおおまじめに答えると、クーロマッサイはすぐに彼女のメッセージを察した。

「何か問題か？」アコーデオンの真上に蚊《か》の戦闘機《せんとうき》を静止させながら、セイドが聞いた。

「いや、変わったことは何も。ただ、傷ついてないか見ていただけで」

セイドの使用人であるクーロマッサイはどうでもよさそうに答えた。

「我々が興味があるのはチューブの部分だけだ。こんなのは、どうでもいい」セイドはアコーデオンを見下ろしながら言った。

「それはちょうどいい！　私たちは、この部分が欲しいんです。よかった、喧嘩《けんか》をしないで済みますなあ！」クーロマッサイはユーモアを交えて言った。

しかしセイドは、一般《いっぱん》的にユーモアを好まない。

「急げ。チーフが待ってるんだぞ」

忍耐《にんたい》も知性も限界に達したらしく、セイドはそう言い残すと戦闘機の向きを変えて飛び去っていった。

「ノー・プロブレム！」クーロマッサイは上空に向かって楽しそうに言うと、アーサーに小声でささやいた。「ここを動いちゃいけないぞ。私がきみたちを迎《むか》えに来るまで待っているんだ、いいね！」

そしてクーロは「急げ！　急げ！　チーフが待ってるぞ！」と、湖に漂う他のストローの処理をしている仲間たちに声を掛《か》けながら、ストローの上をぴょんぴょん飛び跳ねながら去っていった。

クーロたちは竿《さお》を使ってストローのチューブの部分を別の流れへと押しやり、アコーデオンの部分は川岸の方へ寄せている。

三人はクーロに言われたとおり、身を寄せ合ったままじっとしていた。

そのうち、木とツタでできている、クレーンのようなものが、三人がひしめきあうアコーデオン部分をつかみ、巨大《きょだい》なカゴに投げ出した。落ちたのは、アコーデオンの山の中だ。二十以上はあるだろう。豊作だ。カゴは巨大な昆虫《こんちゅう》の背にくりつけられているが、この昆虫はガムールというコガネムシの一種で、頑丈《がんじょう》な昆虫だけに、ロバのように運搬《うんぱん》に使われている。

「ぼくたち、どこにいるんだろう？」

不安になったアーサーがつぶやいた。

「ガムールの上よ。しばらくは、隠《かく》れていられるわね」

「ぼくらのことをうまく裏切るために隠してるんだよ！」ベタメッシュが反抗《はんこう》した。「クーロマッサイをどうして信用できるの？　七つの国の中でも、一番の嘘《うそ》つきで口がうまい奴《やつ》らなんだよ！」

「もし裏切りたいと思っていたとしたら、とっくに裏切ってるわよ！」セレニアも言い返した。「きっと私たちを、確かな場所に連れていってくれるはずよ」

16

ちいさな丘《おか》の斜面《しゃめん》にある金属の揚げ戸が開いた。ガムールは背中を反らせて、妙《みょう》にゴミ箱に似ている暗い穴の中へ、背負《しょ》いカゴの中身を入れようとしている。

「セレニア？　姉さんの言った確かな場所って、ここのこと？」

ベタメッシュは暗い穴の先に何が待ち受けているのか、ひどく不安になった。

何十本ものストローのアコーデオン部分が、強烈《きょうれつ》な音を立てながら暗い穴の中に、雪崩《なだれ》のように次々と落下していく。三人をかくまっているアコーデオンも、穴の中へ落とされると、しばらく薄暗《うすぐら》い地面を転がったすえに、ぴたっと止まった。いったん止まると、恐《おそ》ろしいまでに完璧《かんぺき》な静寂《せいじゃく》が訪《おとず》れた。

「クーロマッサイはここを動くなと言ったわ。彼が私たちを迎えに来るまで、じっと待つのよ！」怯えきっている少年たちに向かって、セレニアは威厳《いげん》のある声で言った。

すると、突然《とつぜん》、上からクレーンのようなものにつかまれ、垂直に持ち上げられたかと思ったら、作動中のベルトコンベアーに乗せられた。どこにどうしがみついていればいいのかわからないほど、三人は揺《ゆ》さぶられている。クレーンは次々とアコーデオンをつかんでは、ベルトコンベアーに乗せていく。

少し先では、別の機械がアコーデオンの真ん中に光る玉をはめこんでいる。外側から見ると、まるで光る王冠《おうかん》が中に入っているようにきれいだ。しかし、感心している場合じゃない。三人は危機一髪《いっぱつ》のところで、はめこまれた光の玉を避《よ》けた。ますます窮屈《きゅうくつ》な恰好《かっこう》になりながらも、なんとかアコーデオンの内側にとどまることはできた。

さらに離《はな》れたところにある最後の機械がアコーデオンをつかむと、ロープにくりつけ、自動的に遠くへと運んでいく。オレンジの光の玉を抱いたストローのアコーデオン部分はストライプの提灯《ちょうちん》となって規則的に点々と吊《つ》られている。円形に張られたロープの下に広がるのは、どうやらダンスフロアのようだ。実はこれは、古いレコードプレーヤーの上に載っている三三回転のレコードで、ディスコの代わりになっているのだ。

提灯のオレンジがかった明かりのせいで、なんともやわらかな雰囲気《ふんいき》だ。出会いには恰好の場といえるだろう。そもそも、そのために、いくつものちいさなテーブルが置かれている。右手にはプレーヤーのアーム、針、そしてＤＪがいる。左手にあるバーは活気に満ちている。客の半分はあきらかに闇《やみ》の王国の軍隊のセイドたちだ。

アーサーとふたりの仲間は、提灯から落ちないよう、ギザギザの溝《みぞ》の部分に足や手を引っかけ、必死にしがみつきながら、この奇妙《きみょう》なバーを観察した。

「いつまでも、こんなふうにしがみついていられないよ」エネルギーが尽《つ》きてきたのかアーサーが弱音を吐《は》いた。

「本気で降りたいと思ってる？」バーに入り込んできたばかりの、新たなセイドのグループを鼻先で示しながらセレニアがアーサーに聞いた。

「……も、もう少しがまんできるよ！」一瞬《いっしゅん》考えてからアーサーは返事をした。

先程《さきほど》のクーロが、従業員扉から出てきて、ダンスフロアに姿を現した。そのすぐ後ろから、彼以上に背が高く、頑丈そうで、ドレッドヘアにも年季の入った感じの店の主人が歩いてくる。クーロは天井《てんじょう》を見上げ、逃亡者《とうぼうしゃ》たちを見つけようと、ひとつひとつ提灯をチェックしている。とんでもない恰好でしがみついている姿が透《す》けて見えたおかげで、見つけだすのはそう難しくなかった。

「よし！　飛び降りなさい！」クーロがにこにこしながら三人に声を掛けた。

限界寸前だったアーサーは、真っ先に飛び出し、ダンスホールの床《ゆか》に尻餅《しりもち》をついた。バツが悪そうな顔で立ち上がると、腕《うで》の中にセレニアが落ちてきて、さらに彼女の腕にベタメッシュが着地した。アーサーは腕におおきなふたつの小包を抱《かか》えたまま、一瞬、ばかみたいな笑いを浮《う》かべて静止し、膝《ひざ》をがくがく震《ふる》わせると、小包もろとも床になだれこんだ。

「セイドが探し回っているという三人の逃亡者というのは、彼らのことか？」いかつい体格の主人が怪訝《けげん》そうな顔で聞いた。

「い……いや、〝あれ〟のせいで、ちょっと頭がぼうっとしていたようです」

クーロは人間違いをしたらしい。

「〝あれ〟か？　吸うのは根っこだ、木全体じゃないぞ、わかってるのか？」

「いや、あのお……そうなんですか？」従業員であるクーロは、まごつきながら主人に返事をした。

「そうとも！」主人は自信たっぷりに答えた。「もういい、行け。彼らのことは、わしが面倒《めんどう》をみる」

クーロが疑わしげな様子で立ち去っていくあいだ、三人は立ち上がった。店の主人が突然、表情をゆるめ、絨毯《じゆうたん》売りのような笑顔《えがお》を見せた。

「我が友よ！」両腕を広げ、すべての歯をむき出しにして叫《さけ》んだ。「ジャイマバー・クラブへようこそ！」

やせこけた蚊《か》のような生き物がテーブルの上にグラスを四個、置いた。

「みんなでジャック・ファイヤーといくか？」店の主人は慣れた口調で言った。

「うれしいな！　早く！　早く！」ベタメッシュが足踏《あしぶ》みした。

「さあ注《つ》いでくれ！」

発育不全の蚊、ラスタは四つの枝のついたポンプを直接、新客のための四個のグラスにつっこんだ。ポンプから流れ出てきた赤い液体は、グラスの中で泡立《あわだ》ち、煙《けむり》を吹《ふ》き出し、しまいには火を噴《ふ》いた。

店の主人はまるでビールの泡でも吹き飛ばすように、炎《ほのお》を吹き飛ばし、乾杯《かんぱい》をするためにグラスをかかげた。

「七つの国の長寿《ちょうじゅ》を祈《いの》って！」

三人もそれぞれにグラスを高くかかげ、店の主人が一気に飲み干すのを待って、セレニア、ベタメッシュと、それに続いた。アーサーだけグラスをかかげたままだ。この飲み物の正体を、まずは確かめたいのだ。

「ああ！　気持ちいい！」ベタメッシュが顔をほころばせた。

「喉《のど》が潤《うるお》うわ」セレニアも同じ反応だ。

「わしの子供たちも、これには目がないんだ」

主人がそう言うと、みなの視線がアーサーに向けられた。グラスは注がれたままの状態だ。このままでは、振《ふ》る舞《ま》ってくれた主人に対する侮辱《ぶじょく》とも受け取られかねない。

「七つの国に乾杯！」アーサーはいやいやながらも叫び、覚悟《かくご》したように一気に飲み干した。

やめておくべきだった。顔が一九一二年もののボルドーワインのように赤くなった。ウイスキーのシロップに漬《つ》けた、タルタル状の唐辛子《とうがらし》をがぶ飲みしたのだから当然といえば当然だ。火山を舐《な》めてしまったようなものだ。軽く十二時間はサウナに入ったあとのように、アーサーの体中からはもくもくと煙が吹き出している。

「……ほ、ほんとに喉が潤うね……」アーサーはやっとのことで声を絞《しぼ》り出した。

ベタメッシュはグラスに指をつっこんで、底に残っている液体をすくって舐め、まるでソムリエ気取りで言った。「かすかにリンゴの味がする」

「ああ、ホントだよ、まったくリンゴそのものだね！」アーサーの声は、すっかりしわがれてしまった。

そこにセイドのグループが近づいてきた。誰《だれ》か、あるいは何かを探しているように周囲の様子に目をこらしている。セレニアは不安になって身を縮ませた。

「心配はいらん！」店の主人が安心させようとして言った。「あれは勧誘員《かんゆういん》たちだ。客たちの弱みにつけこんで、軍隊に登録させようとしているんだ。わしと一緒《いっしょ》にいる限り、怖《こわ》がることはない」

三人は強《こわ》ばっていたからだをほんの少しゆるめた。

「でも、七つの国に住むすべての民族がセイドたちに取られているというのに、なぜあなたたちの民族だけはまだ誰も軍隊に取られていないんですか？」不思議に思ったセレニアが尋《たず》ねた。

「簡単なことだ！　我々は〝根っこ〟と呼んでいる麻薬《まやく》の九十パーセントを製造しているんだ。セイドたちはこれなしでは一日も保《も》たない。彼らに供給できるのは我々だけだ、そのために我々クーロマッサイ族には手をつけられないというわけだ」

セレニアはビジネスに関しては、少々、懐疑《かいぎ》的だ。

「その根っこというのは、どんな木の根っこなんですか？」

「ヤナギ、カモミール、ベルベーヌ……百パーセントナチュラルだ！　試《ため》してみるかい？」

主人は相手を困惑《こんわく》させるような笑みをもらし、リンゴを勧《すす》めるヘビのように勧めた。

「いいえ、結構です、ムッシュー……？」

「友人たちからはマックスと呼ばれている」主人は三十八本の歯を見せてにんまりした。

「で、きみたちは？」

「私はセレニアです。第一国家の総指揮者、シフラ・ド・マトラドイ王の娘《むすめ》です」

「わおおお！」主人は感動した振りをしながら叫び、王女の手にくちづけをするために身をかがめつつ付け加えた「これはこれは王女！」

セレニアはふたりの仲間を紹介《しょうかい》するために手を引っ込めた。

「この子は私の弟で、サイモノ・ド・マトラドイ・ド・ベタメッシュと言います。でも、ベタと呼んでください」

アーサーは自己紹介をするには酔《よ》いすぎてしまったようだ。

「で、ぼくはですね、アーサーですっ！　アーサー国のアーサー家の、アーサーです！」

しかし「でも、どうしてあなたはぼくのストローを全部、切ってしまったんですか？」

酔っている勢いで、ストレートに質問できた。

「商売のためさ！　ネクロポリスへと直接流れている暗黒川の方へ運んでほしいとセイドから依頼《いらい》されたのだ」

このニュースを聞いた三人は、希望で胸がいっぱいになり、姿勢をしゃんと正した。

「私たちが向かっているのは、まさにそこなんです！　力になっていただけますか？」セレニアが単刀直入に聞くと、店の主人は驚《おどろ》きをあらわにして返した。

「なんですと⁉　落ち着いてください、王女！　ネクロポリス、あそこまでの道のりは一方通行です。戻《もど》ってくることはできないんですよ。なぜ、そんなところへ行きたいんです？」

「Mの息の根を止めるためです。彼が私たちの国を破壊《はかい》してしまう前に」セレニアはためらうことなく、正直に告白した。

「それだけのために？」

「それだけのためですって!?」

セレニアの真剣《しんけん》な表情を見て、マックスは心配になってきた。

「しかし、なぜ、Mはあなたたちを破壊しようと望んでいるんです？」

「今に始まったことではないのです。つまり、私は二日後には結婚《けっこん》をして父の後を継《つ》ぐことになっているのですが、Mはそのことに反対しているのです。というのも、いったん私が権力を握《にぎ》ったら、ミニモイの国を侵略《しんりゃく》することは不可能になると、Mはわかっているんです。神託《しんたく》にそう書いてあるんです」

もともと好奇心《こうきしん》の強いマックスだが、結婚という単語には、ことさら興味をそそられたようだ。

「で……あなたに選ばれた幸運な男は、なんと名乗る者ですか？」

「知りませんわ。まだ選んでいませんから」王女はちょっと高慢《こうまん》な口調で答えた。

自分にも入り込むチャンスがあると感じたマックスは、嘘《うそ》くさいほどの笑顔《えがお》を見せた。アーサーは嫌《いや》な気配を感じ、アルコールの勢いも手伝って、マックスを手で押しやりながら言った。

「ちょっと待った！　ぼくらには果たさなくてはならない使命があるんだ。彼女はまだ使命を果たしていない！」

「ちょうどいい、出発する前に、力づけとなる一杯《いっぱい》をやっていくといい！　おい!?　もう一杯、注《つ》いでくれ！　おれのおごりだ！」

主人の提案に、ベタメッシュは大喜びした。

ラスタがみんなのグラスを満たしているあいだに、マックスはレコードプレーヤーの横に腰《こし》掛《か》けているDJのところへ走った。

「イージーロー!?　盛り上げてくれ！」マックスはやや焦《あせ》りながらDJに頼《たの》んだ。

DJのイージーローは急いでプレーヤーのうしろにかがみ込み、〝根っこ〟を吸って夢《ゆめ》見《み》心地《ごこち》になっているふたりのクーロマッサイをたたき起こした。

「仕事だ！　音を大きくしろ！」

メロウな気分を断《た》ち切られたふたりは無気力に立ち上がり、マシュマロのようにからだをストレッチさせてから一・五ボルトの巨大《きょだい》な電池に近づき、電池ケースまで転がした。

バッテリーが入ると、明かりが点灯してダンスホールを照らした。三三回転のレコードがゆっくりと動き始め、イージーローは自分の選んだ曲《ナンバー》のところまで針を押していった。

マックスはいかにもナンパ師の態度でセレニアの方にかがみ込み、紳士《しんし》のような礼儀《れいぎ》正しさでダンスを申し込んだ。「踊《おど》っていただけますか？」

セレニアはにっこりとほほえんだ。アーサーは笑わない。ライバル登場で心穏《おだ》やかではないのだ。

「セレニア！　まだ先は長いんだぞ！　出発する時間だ！」

「五分くらいリラックスしても、誰にも迷惑《めいわく》はかけないでしょ」

セレニアはアーサーをやきもきさせてやろうとして、マックスの誘《さそ》いに応じた。

マックスとセレニアはそろってダンスフロアへ向かうと、スローな曲《ナンバー》を踊り始めた。

「ベタ、なんとかしろよ！」今やミュル・ミュルのように嫉妬《しっと》深くなったアーサーは弟をののしった。

ベタメッシュは返事をするかわりに、まずは注がれたばかりのジャック・ファイヤーをがぶがぶ流し込んだ。

「ぼくにどうしろっていうのさ？」ロケットのようなげっぷをして続けた。「姉さんはあさって千歳になるんだよ。もう十分、おとななんだから！」

アーサーは悔《くや》しくてしかたがないが、どうすることもできない。

なにげなく周囲を見渡《みわた》していたベタメッシュが、ベルトにナイフをくくりつけているひとりのクーロマッサイに目をとめた。

「うそだろう、あれ、ぼくのナイフじゃないか⁉ あの泥棒《どろぼう》と話をつけてくる‼」

ベタメッシュは立ち上がり、通りがかりに姉のジャック・ファイヤーを景気づけにひっかけると、勇み足でバーへと向かっていった。

打ちのめされ、絶望的になったアーサーは、ひとりぽつんととり残されることになった。もやもやした気持ちを忘れたいと思ったアーサーは、突然、グラスをつかむと、くだを巻いているおとなたちがよくするように、一気に飲み干した。

17

マックスがさらにからだを近づけようとするのを、セレニアは失礼のない程度に押し返しつつ、まるで、恋《こい》の駆《か》け引きでもするように、動揺《どうよう》を隠《かく》しきれずにいるアーサーにちらっと目をやった。セレニアはアーサーとは対照的に、なんとも嬉《うれ》しそうだ。自分に恋して打ちひしがれている男の姿を見るのは、女性のささやかな楽しみなのだ。

「いいですか、二日間で夫となる男性を見つけるなんて、とてもとても無理でしょう！」マックスは舌先三寸の才能を発揮し始めた。「もしよろしければ、私がさしあたり、お役に立つこともできますよ」

「ご親切にどうも。でも、自分でなんとかしますから」セレニアはゲームを楽しみながら答えた。

「私は生まれつき人助けをするのが好きなんです。それに、あなたは運がいい。というのも、今、私には妻がたったの五人しかいないんですよ」

「たったの五人？　それにしても、お忙《いそが》しいでしょうねえ？」

セレニアは相手を気づかう素振《そぶ》りを見せながら、ほほえんだ。

「いやいや、私は働き者ですから！」主人は胸を張った。「昼も夜も、一週間ぶっとおしで、疲《つか》れなど感じることなく働けるんです！」

アーサーは他《ほか》の男とダンスを踊っている王女に視線を釘付《くぎづ》けにしたまま、テーブルにひれふし、ぶつぶつとひとり言を言った。

「……いずれにしたって、彼女はぼくにとってはおとなすぎるよ。なんたって千歳だ、ぼくなんか、まだたったの十歳だもんな！　そんな年寄りを相手に、ぼくはどうすればいいっていうんだ?!」

その時、目の前に勧誘員《かんゆういん》のセイドが腰掛けてきたために、アーサーの視界から王女の姿は消えてしまった。

「きみのようなハンサムな若者が、空っぽのグラスなんか目の前にして、一体、どうしたんだい？」勧誘員は、獲物《えもの》の匂《にお》いを嗅《か》ぎつけた時の満足そうな笑《え》みをもらした。

「……グラスをなみなみにしたかったら、いったんは空っぽにしないといけない、違《ちが》う？」

アルコールのせいで、ぐったりしながらアーサーが返すと、勧誘員はすかさずお世辞を言った。

「きみはユーモアがあっていいねえ！　なんだか仲良くなれそうな気がするなあ」そして振り向きもしないまま、腕《うで》だけ高くかかげて叫《さけ》んだ。「お代わりを頼《たの》む‼」

一方、バーにたどり着いたベタメッシュは、いきなりナイフ泥棒に体当たりした。その勢いで、飲んでいたジャック・ファイヤーでびしょぬれになったクーロマッサイはのんびりした口調だが、怒《おこ》って言った。「おいおーい⁉　それはないだろう、ええ⁉」

「これ、ぼくのナイフだぞ！　おまえが盗《ぬす》んだんだ！」ベタメッシュは歯をむきだし、闘《とう》犬《けん》のようにいきりたった。「これはぼくのナイフだ！　誕生日にもらったんだ‼」

泥棒呼ばわりされたクーロマッサイは片腕で少年を押しのけた。

「落ち着けよお、怒りんぼだなあ！……もし、俺がきみと同じナイフを持っていたとしたらどうするんだあ？」

「このナイフはぼくのだ、絶対にぼくのだ！　千個ナイフがあったって、すぐにわかるよ。返してくれ！」

ベタメッシュがあきらめずにいると、ひとりのセイドが威張《いば》った歩き方で、ふたりに近づいてきた。将校のような雰囲気《ふんいき》だ。

「……問題か？」口を開くと、せいぜい気取った上等兵といったところだ。

「とんでもない！　すべて順調ですよお！」クーロマッサイが妙《みょう》に甘ったるい声で言った。

「とんでもない！　最悪だよ！」ベタメッシュが反発した。「こいつにナイフを盗まれたんだ！」

泥棒は、まるでベタメッシュが冗談《じょうだん》を言ったかのように、くすくすと笑い始めた。

「こいつは、まったくお目出たいやつなんですよ。私に説明させてください、キャプテン！」

そう言うと、クーロマッサイは得意げに、手品のように〝根っこ〟をふたつ取り出して見せた。「ま、その前に一服どうです？」

ずる賢《がしこ》いクーロマッサイは、セイドの嗜好品《しこうひん》をちらつかせた。上等兵はためらったが、長くは抵抗《ていこう》できず、兜《かぶと》を取った。顔が現れた。その顔を見た者なら誰《だれ》でも、なぜ彼らには兜が欠かせないか、すぐさま理解できるだろう。というのも、セイドには顔というものがない、まったくないのだ。髪《かみ》の毛も、眉毛《まゆげ》も、耳も、唇《くちびる》もない。表面は長年にわたって浸《しん》食《しょく》された小石のように、つるんとしており、赤い点のような目は、あまりに戦争を見過ぎてしまった目のように、ほとんどエネルギーが感じられない。要するに、とてもじゃないがハンサムとはいえない。

セイドは円錐形《えんすいけい》の〝根っこ〟を口元にやった。クーロマッサイがプロのような手つきで、マッチを指にはさんで火を点《つ》けるとセイドはゆっくりと煙《けむり》を吐《は》き出し、見る者を身ぶるいさせるような笑みを浮《う》かべた。

ベタメッシュは不安になってきた。このままでは、被害者《ひがいしゃ》である自分の方が不利になってしまいそうだ。

一方、ダンスフロアではマックスが、さらに数センチ、王女に接近することに成功していた。「それで？　私の申し出に、あなたは何とお答えになるのでしょう？」

マックスはこの件に関する結論を引き出そうとしているらしい。

「お申し出は嬉しく受け止めました。でも結婚《けっこん》というのは大事なことで、よく考えもせずに決めることではないわ」セレニアはネズミとたわむれる猫《ねこ》のように、楽しそうに答えた。

「だからこそ、あなたに結婚の足慣らしをすることをお勧《すす》めしているんですよ！　デート代は私がすべて持ちますから！　一度試《ため》せば、私のことをもっと好きになるはずです！」

あまりのうぬぼれに、王女はぷっと噴《ふ》き出してしまった。

アーサーの方に、ちらっと目をやると、自分のことを見ているとばかり思っていたのに彼はなんと、契約書《けいやくしょ》にかがみこんでサインをしようとしている。勧誘員がボールペンを差し出すと、アーサーはまず、自分の手の中にあるグラスと、もう片方の手の中にある〝根っこ〟を交互《こうご》に見つめたすえ、グラスから始めようと決意し、顔をゆがめることもなくジャック・ファイヤーを飲み干した。そしてグラスを置くと、空いている手でペンをつかんだ。勧誘員はすかさず、作業をしやすくするためにペンの下に契約書を滑《すべ》り込ませた。が、アーサーがサインをしようとしたその時、セレニアが手を割り込ませて言った。

「失礼、でも……彼とダンスを踊《おど》りたいの。彼が私以外の誰かと契約を結んでしまう前に」

勧誘員は気に入らなかったが、セレニアはすでにアーサーをダンスフロアに引きずりだしていた。

「ぼくと踊っていただけるなんて光栄ですっ！」アーサーは屈託《くったく》のない笑顔を浮かべた。

「何にサインをしようとしていたのか、わかってるの？」セレニアはいらいらしながら聞いた。

「わかってないよ、あんまりね。でも、どうでもいいじゃん！」いかにも酔《よ》っぱらいの発言だ。

「これが私を魅了《みりょう》するやり方なの？　麻薬《まやく》を吸って、酔っぱらって、ダンスさえろくに踊れない男の人と私が結婚すると思うの？」

何秒か必要だったものの、頭のふらふらしているアーサーにも、王女のメッセージは理解できた。なんとか姿勢を正そうとし、両脚《りょうあし》もコントロールしようと努めたが、半分がせいぜいといったところだった。セレニアはそんなアーサーを見て、ふっと笑みをもらした。アルコールと必死に闘《たたか》っている彼の姿がいとしいものに思えたのだ。

「よくなってきたわよ」セレニアは素直《すなお》に言った。


イージーローは遠巻きにこのカップルを眺《なが》めながらマックスに言った。「あのチビに王女を持っていかれちまうんじゃないか？」

「……少しくらいのライバル意識で傷つくことはない」マックスは実際、あまり心配していない様子で返した。

一方、アーサーは少し酔いから醒《さ》めてくると、ダンスがしだいに親密なものに思えてきた。そこで思い切って、乗り出した。

「あ……あのさ、本当に、ぼくにもチャンスがあると思う？　つまり、きみとのことだけどさ……ものすごい年の違いはあるんだけど」

セレニアは笑ってしまった。

「私たちの世界では、年は、私の名前と同じ王花、セレニエルの開花で数えられるの」

「ああ……でも、だとしたら、ぼくはいくつになるの？」

「だいたい千歳よ。私と一緒《いっしょ》くらいね」王女は楽しそうに答えた。

アーサーは突然《とつぜん》、自分がとても大人になったような気がして、胸を張った。自信をもった勢いで、王女を質問ぜめにしたくなってしまった。

「で……前は、きみもぼくみたいに少女だったの？ というか、ぼくは少年だけど……ぼくの住んでる地区の他《ほか》の子と同じような女の子だったの？」

「いいえ、私はもともと、こんなふうに生まれてきたの」セレニアはアーサーの質問に、ちょっと当惑《とうわく》していた。「それに、私は七つの国以外の場所へは行ったことがないの」

決して認めはしないだろうが、王女の声には残念に思っている気持ちがにじんでいた。

「……いつか、きみを連れていきたいなあ……ぼくの世界に」たとえ千年後だとしても、いつか彼女と離《はな》れなければいけないことを考えるとアーサーは寂《さび》しくなった。

セレニアはますます居心地《いごこち》が悪くなってきた。

「いい考えね！」セレニアはふたりが交《か》わす言葉の深刻さを少しでも軽くするために、わざと少しだけ横柄《おうへい》に言った。「でも、さしあたっては、私たちには……ネクロポリスへ行って果たさなければならない使命があることを、あなたに思い出させてあげるわ」

このひと言はアーサーの頭に、頭痛薬アルカセルツァー以上の効果をもたらした。

バーではナイフ泥棒《どろぼう》と上等兵並のセイドが、相変わらずベタメッシュのナイフをめぐってやりとりをしている。クーロマッサイの流ちょうさといったら、まるでツアー・ガイドのようだ。

「で、そこで突然ですよ、地面に刺《さ》してあったナイフにつまずいて、よろめいたわけですよ！　もちろん、すぐに罠《わな》かと思いましたね！」

セイドは煙を胸いっぱいに吸い込みながら冷笑《れいしょう》し、長引いているおしゃべりに終止符《しゅうしふ》を打とうとしてナイフを奪《うば》い取った。「そうか、そうか。ま、いずれにしても、ワシが預かっておくとしよう」

セイドが早速《さっそく》、楽しそうに指でナイフを弄《もてあそ》ぶのを見て、ベタメッシュはますます失望してため息をもらした。

一方、出口の付近では、勧誘員《かんゆういん》たちが酔っぱらって闘えなくなったふたりの犠牲者《ぎせいしゃ》を連行していこうとしている。嬉々《きき》とした様子で遠ざかっていく勧誘員たちの姿を目にしたセレニアの頭に、アイデアがひらめいた。

「もし、あの勧誘員たちの後を追っていったら、ネクロポリスまですぐにたどり着けると思うわ！」

「きみは正しい！」アーサーは同意し、まだ醒めきらぬ酔いの勢いでどなった。「すぐさま、そこへたどり着くんだあ！　ぼくらはそこで使命を果たすんだ！　向こうに着いたら、おじいちゃんを見つけるぞ。宝物も探し出す。そして最後に、あいつにめった打ちを喰《く》らわせてやるんだ、あの、おぞましいマルタザールに!」

アーサーの口からまたまた飛び出したこの名は、ジャイマバー全体を地球が止まってしまったかのような静寂《せいじゃく》に陥《おとしい》れた。イージーローはレコードの端《はし》っこをつかみ、音楽をストップした。二十人は下らないセイドたちが、未来の屍《しかばね》の方へゆっくりと振《ふ》り向いた。この名を口にするからには、相当な理由があるに違《ちが》いない。

上等兵も闘いに備えてゆっくりと兜《かぶと》をつけた。ところがたちまち煙《けむり》でむせてしまった。吸っていた〝根っこ〟を捨てるのを忘れてしまったのだ。

「しまった!」アーサーは自分の犯《おか》した失態に気づいた。

「あなたが良い王になれるとは思えないわ。今のところはとんまな王様ってところね」セレニアの目は非難に満ちている。

マックスはにやにやし始めた。

「なんだか盛り上がってきたようだぞ。ショータイムの始まりだ!」

サインを受け取ったイージーローはレコードを回し、サファイヤ針を足で蹴《け》ってのせた。ウエスタン・ミュージックが再び鳴り始めた。

後ずさりし始めたカップルの方にセイドたちが一丸となって、ゆっくりと向かい始めた。まさにアメリカの西部劇に出てくるような決闘《けっとう》シーンを思わせる光景だ。

「アーサー、三秒で酔いを醒まして！」

「え？　うん、わかった！……でも、三秒でどうやって酔いを醒ませられるの？」

セレニアはアーサーの顔に思い切り平手打ちを喰らわせた。絶対に毎日は喰らいたくないタイプのびんただ。アーサーは頭がくらくらし、歯がガクガクした。

「……ありがとう……すっきりしたよ」

「良かったわ！」

セレニアは剣《けん》を鞘《さや》から抜《ぬ》き出した。

「で。ぼくは？　ぼくは何で闘えばいい？」

「祈《いの》りで闘って！」

セレニアは身構えた。そうしているあいだに、ずっと回り続けているレコードがふたりをマックスとＤＪの近くへと運んでいった。

「ほらよ、チビ！」マックスが通り過ぎざま、アーサーに刀を投げた。

「ありがとうございます！」恋敵《こいがたき》の意外な親切に驚《おどろ》きながらもアーサーはていねいに礼を言った。

「さあ、どんどん盛り上げろ！」マックスが命令すると、ＤＪはサファイヤ針を別のうねりへと押した。

ウエストサイド・ストーリーのテーマ曲がバーに響《ひび》きわたった。

刀を得たアーサーがセレニアの横で身構えると、かたまっていたセイドたちがふたりを包囲するために、ばらばらに広がった。

ベタメッシュは新たなナイフ泥棒となった上等兵セイドの後を追いながら、親切にアドバイスをしてあげた。「七十五番を押すと、レーザー・サーベルが出てきますよ。昔からあるタイプのものだけど、けっこう使えるんですよ」

「お？　そうか、ありがとよ、坊《ぼう》や！」

いまだに煙にむせながらセイドは答え、言われた通り七十五番を押すと、いきなり巨大《きょだい》な炎《ほのお》が飛び出し、兜とその中にあるものすべて、つまり、たいしたものはないのだが、すべてを焦《こ》がしてしまった。からだは動かなかったが、頭は灰になってしまった。ベタメッシュはそのすきに、セイドが手に握《にぎ》っていた万能ナイフを取り戻《もど》した。

「ホントにごめんなさい！　間違えちゃいました。数字が逆だったかな？　五十七番だったかも？」

ベタメッシュが五十七番を押すと、鋼《はがね》色のように青いレーザー・サーベルが飛び出した。

「こっちの方がずっといいや！」

レーザー・サーベルを目にしたセイドたちが一瞬《いっしゅん》、ひるんで散らばったすきに、ベタメッシュは姉とアーサーのもとに合流できた。

できれば楽しいことで再び集結したかったが、今は最悪の事態だ。三人は背中合わせになって三角形に陣《じん》を組み、それぞれ剣を前に突《つ》きだし、敵をにらみつけた。

突然《とつぜん》、セイドたちが例の愉快《ゆかい》な叫び声をあげると、戦闘の火ぶたが切って落とされた。

イージーローは指先の出た手袋《てぶくろ》をはめてレコードの端をつかみ、スクラッチをし始めた。戦闘はブレイクダンス以上にリズミカルなものになった。

セレニアは敏捷《びんしょう》で巧《たく》みなところを見せつけながら、突きを繰《く》り返した。彼女の闘《たたか》いぶりには、真の騎士《きし》の優雅《ゆうが》さと生まれ持った才能が感じられる。

ベタメッシュはレーザー・サーベルで、まるでボウリングでもするように、次々とセイドをなぎ倒《たお》していった。

アーサーはふたりに比べれば経験は浅いのだが、相手の突きを避《よ》けるには十分に敏捷だった。それでも敵はさる者。襲撃《しゅうげき》をかけようと剣を突きだしても、まるでスプレーでも吹きかけるように武器を小刻みに突いてくる。

マックスはわざと残念そうな顔をしてみせた。

「おお！　かわいそうな坊やだ。しかし、誰《だれ》があんなに粗末《そまつ》な武器を彼に渡《わた》したんだ？」

そう言うと、イージーローと目を見合わせながら、くっくっと、クマのようにせせら笑った。

アーサーはあちこちから雨のように降ってくる刃《やいば》の攻撃《こうげき》を避《さ》けようと、フロアを駆《か》け回ったすえ、サファイヤ針の向こう側に逃《に》げ込んだ。セイドたちは終始、逃げていくこの針をつかまえられず、うねりを飛び越《こ》している針に頭をぶつけてしまう。そのせいで音楽は最高のヒップホップのように聞こえる。

「リズム感がいいな、あの坊主《ぼうず》」その道に詳《くわ》しいマックスは思わずうなった。

ベタメッシュの前に三人のセイドが立ちはだかった。彼らもレーザー・サーベルを持っている。

「三対一か？　恥《は》ずかしくないのか？　上等だ、パワーを三倍にしてやる！」

ベタメッシュはそう言って勢いよくボタンを押した。するとレーザーが引っ込んで、花束が出てきた。

「……きれい、でしょ？」彼は自分の失敗にまごつきながら言った。

セイドたちがうなり始め、逃げ始めた王子に襲《おそ》いかかろうとした。ベタメッシュがテーブルの下に逃げ込むと、すでに先客がいた。アーサーが身を隠《かく》していたのだ。

「武器がだめになっちゃったんだ！」ベタメッシュが正しいボタンを探しながらアーサーに打ち明けた。

「ぼくのも同じだよ」アーサーは柄《つか》しか残っていない武器を見せた。

ひとりのセイドがテーブルに近寄ると、レーザー・サーベルで一気にテーブルをふたつに切断した。

アーサーとベタメッシュは、割れたテーブルの下に身を隠したまま、それぞれ反対方向へ転がった。

「ぼくらのとは違って、あいつの武器はかなり切れがいいみたいだ」アーサーは高まるプレッシャーに不安を募《つの》らせながら、つぶやいた。

半分になったテーブルの下でナイフをいじくり回していたベタメッシュは、ついに、ある武器を作動させることに成功した。ビュリネットという武器で、これはシャボン玉を製造するちいさな筒《つつ》だ。一秒に百個、それも、素早《すばや》く製造することができる。それほど威嚇《いかく》的とはいえないが、姿を消すにはもってこいだ。

ふたりの逃亡者《とうぼうしゃ》の足跡《そくせき》を失ったセイドたちはカンカンになり、気が違ったように剣を振り回したが、色とりどりのシャボン玉が消えていくだけだ。

セレニアはひとりのセイドをやっつけると、別のセイドの攻撃をかわすために頭上に剣をかざしながらひざまずき、そのセイドのすねに付いている補助ナイフを抜きとって足に突き刺《さ》してやった。一瞬のうちに全身が麻痺《まひ》したセイドは、とんでもない叫び声をあげた。

「おいおい!? 気をつけてくれよ！　私のレコードは傷つけないでもらいたいな！」店の主人はむっとして言った。

雲のようなシャボン玉の群れの中からアーサーが四つんばいになって抜け出すと、ベタメッシュのリュックサックにぶつかった。彼もセイドのひとりの足元にぶち当たっていたのだ。戦士は敵が向こうから飛び込んできたことに、しめしめと満足しつつ、剣をゆっくりとかかげた。

一巻の終わりだ。アーサーは苦し紛《まぎ》れに、リュックサックから飛び出していたいくつかのガラス玉をつかみ、やみくもに投げた。すると、ガラス玉はたまたまセイドの足元に落ちた。セイドは、はたと足元に目をやった。気づかないとしたら、よっぽどの鈍感《どんかん》だ。落下して割れたガラスから、たちまちのうちに、まるで魔法《まほう》でも掛《か》けられたように、エキゾチックな花が飛び出してきた。セイドの背丈《せたけ》よりもずっと大きな花だ。

「おお、花か！　気がきくじゃないか！」セイドはもみ手をしながら言い、ブーケの前に進み出て、ひざをついたまま後ずさりしているアーサーに近寄ると、剣《けん》をかかげて言った。

「この花束は、おまえの墓に供えてやるとしよう」

あまりの意地悪さのために、標的しか目に入らないらしい。よって、彼の背後で巨大な花が肉食性の口をぱっくりと広げているのにも気づかない。美しい花はセイドに噛《か》みつくと、時間をかけてじっくりとかみ砕《くだ》いた。この光景を見ていたもうひとりのセイドは、凍《こお》り付いたまま、自分の順番を待つしかないようだ。

目の前の巨大な花が最後のひと口を飲み込み、豪快《ごうかい》にげっぷをするのを、ぽかんと見ていたアーサーは「……お大事に！」と、人がくしゃみをした時に言う決まり文句を口にしていた。

そのすきにベタメッシュはナイフを点検した。今度こそ、正しいボタンを押さなくては。彼のまわりには、もう遊びにつき合うのはこりごりといった顔の三人のセイドが、手ぐすねを引きながら好機を待ちかまえている。

ナイフから三枚刃《ば》のレーザーが飛び出し、ベタメッシュの顔に笑顔《えがお》が戻った。鼻高々に新らしい武器をかざして見せると、セイドたちは顔を見合わせ、示し合わせたように自分たちの武器の操作を始めた。すると、別のオプションがでてきた。なんと、回転六枚刃のレーザー・サーベルだ。

「そ、それ、新しいモデルですか？」

からだを強《こわ》ばらせたベタメッシュが、まるで新製品に興味を引かれたような振りをしながら聞くと、真向かいにいたセイドが頭を上下に動かして、「そうだ」と返事をするや乱暴にレーザーを振り下ろした。レーザーの一撃をもろに受けたベタメッシュのナイフは、吹《ふ》き飛ばされた末に地面を滑《すべ》って、ある者の足にぶつかって止まった。セイドの戦士のブーツだ。四十八サイズのそのブーツは血だらけになっている。

イージーローはレコードをつかんで、ゆっくりと回転のスピードを落としていった。闘いは中断された。彼らのチーフの登場を歓迎《かんげい》するために、まずは静寂《せいじゃく》を用意したわけだ。チーフ、その名はダルコス。闇《やみ》の国の王子、つまり、マルタザールの息子《むすこ》だ。

我らが三人のヒーローは、再び身を寄せ合った。マックスも不安そうな顔をしている。ダルコスの姿は基本的にセイドと同じだが、肩幅《かたはば》はもっとがっちりしており、鎧兜《よろいかぶと》は明らかに他の者に比べてより恐怖《きょうふ》を与《あた》えるいかついものだ。戦闘機《せんとうき》より、さらに重装備といっていい。七つの国のどこを探しても彼の所有していない武器は存在しないだろう。ただし、おそらく、未《いま》だに彼の足元で止まっているナイフを除いては。彼はかがみこんでナイフを手に取った。

「で、マックス? 楽しそうなパーティをしているっていうのに、友人たちは招かないのか?」ダルコスはナイフを指で弄《もてあそ》びながら、冗談《じょうだん》のように言った。

「いや、これはまったく公式なものではありません」バツの悪さを隠すために、作り笑いをしながらマックスが答えた。「新顔を歓迎するための、即興《そっきょう》の、ちょっとしたパーティです！」

「新顔だと？」ダルコスはわざと驚いて見せた。「俺様に見せてみろ！」

戦士たちがダンスフロアの両側へしりぞくと、ぴったりと身を寄せ合った三人の姿が現れた。近づくにつれ、ダルコスは王女に気づき、にんまりと満足の笑みを浮《う》かべた。

「これはこれは！　セレニア王女ではありませんか！　なんという嬉《うれ》しい偶然《ぐうぜん》だろう！」

そう言いつつ、王女の目の前にたちはだかった。「あなたのような方が、こんな場所で、しかもこんな遅い時間に、何をなさっているんです？」

「ちょっと踊《おど》りに来ただけですわ」

つんとすました王女の答えに、ダルコスはすかさず飛びついた。

「……ではでは、踊りましょうよ！」

彼が指をぱちんと鳴らすと、ひとりのセイドがレコードプレーヤーのアームを思いきりけとばした。バーにはスローな曲《ナンバー》が流れ始めた。

ダルコスはうやうやしく挨拶《あいさつ》をすると、セレニアに手を差し出した。

「あなたと踊るくらいなら、死んだ方がましだわ、ダルコス」

セレニアは極《きわ》めてさらりと言ってのけた。まるで原子爆弾《ばくだん》を作動させるためにちょっとスイッチを押してみるような感じだった。

不安になったセイドたちは、隅《すみ》の方へ後ずさりをした。ダルコスが侮辱《ぶじょく》を受けるとき、しかも、それが公衆の面前であるときは尚更《なおさら》のこと、被害《ひがい》がでなかったためしがないのだ。

ダルコスは深々としたお辞儀《じぎ》からゆっくりと頭をあげると、腹黒い笑みを浮かべて言った。

「あなたの望みはすなわち命令。永遠に踊らせてやる！」

巨大《きょだい》な剣を抜き取り、頭上にかかげ、セレニアを輪切りにしようとしたその瞬間《しゅんかん》だった。

「で、あなたの父上は？」

セレニア王女のそのひと言で、ダルコスは腕を宙にかかげたまま、一瞬、凍り付いた。

「あなたの父上である呪《のろ》いのMはなんと言うかしら？　喉《のど》から手が出るほど欲しがっている王女を殺したと告げたら？　父上が望んでやまない究極のパワーを与えられる唯一《ゆいいつ》の人物を殺したと知ったら？」

セレニアはダルコスの痛いところをぐさりと突《つ》いたようだ。Mの息子の脳裏《のうり》にセレニアの言葉はぴたっと張り付いて離《はな》れない。

「父上はあなたを賞賛すると思う？　それとも、父上が他《ほか》のすべての息子たちにしたように、死のリキュールで焼き殺そうとするかしら？」

セイドたちの列から、パニックすれすれのざわめきが起きた。

今や主導権を握《にぎ》っているのはセレニアだった。ダルコスはゆっくりと武器をおろした。

「……きみの言うとおりだ、セレニア。きみの洞察力《どうさつりょく》に感謝するよ」そう言いながら、ダルコスは剣を鞘《さや》にしまった。「確かに、死んでしまったら、きみにはなんの価値もない……しかし、生きているうちは！」

彼は、自分の思いついたアイデアに異常に満足している者だけが見せる笑みを浮かべた。しかし、彼の考えを読みとったマックスが耳打ちした。

「イージーロー、店を閉めるぞ！」

主人の意図を理解したDJは、店の裏手へまわった。

「三人を連行するんだ！」突然《とつぜん》、ダルコスが叫《さけ》ぶと、三十人あまりのセイドが我々のヒーローたちに向かって突進した。

アーサーは、まるで津波《つなみ》のように自分に向かって押し寄せてくるセイドに気づいて叫んだ。「奇跡《きせき》を起こさなきゃ！」

「理由が正当であれば、死などなんでもないわ！」

王女として命をも投げうつ覚悟《かくご》のできているセレニアはそうきっぱりと言うと、剣を前に突きだし、勇気を出すために叫び始めた。

大声で叫んだために、明かりが消えた。というか、イージーローがスイッチを切ったのだ。いずれにしてもホールは真っ暗になり、大混乱となった。鉄、ブーツ、刃、歯などのぶつかりあう音がする。

よし！　見つけたぞ！　ひとりを捕《つか》まえた！　放せよ、あほ！　あ、すみません、チーフ！　いてて！　誰《だれ》だ、俺を噛んだのは！

暗闇の中から、こんな楽しそうな会話も聞こえてくる。

マックスがマッチに火を灯《とも》すと、嬉しそうな顔が照らし出された。このスペクタクルをじっくりと味わうため、〝根っこ〟に火をつけたのだ。かんかんに怒ったダルコスが白熱の明かりの中に入り込んできた。

「何ごとだ⁉」ダルコスは怒《いか》りで唾《つば》を飛ばしながらわめいた。

「夜の十時です。閉店の時間です」

「なんだと⁉　十時に閉めるのか？」怒りの静まらないダルコスは驚いた。

「あなたの指示に従っているだけですが、王子」マックスはセイドのような献身《けんしん》的な態度で答えた。

あまりに興奮しているために、ダルコスはしばらく言葉を探したすえに叫んだ。

「特別に再開店だあああ‼」

世界一頑丈《がんじょう》な鼓膜《こまく》さえ破ってしまうほどの大声だったが、マックスは動じず、〝根っこ〟

をくゆらしながら、穏《おだ》やかにつぶやいた。

「……クール」

イージーローが、ふたつの電池の間に滑り込ませていたプラスチックの板を外すと、再び明かりが灯った。まるで苦戦しながらスクラムを組んでいるラガーマンたちのように、多くのセイドたちがダンスフロアの中央に、かたまっていた。

ダルコスが歩み寄ると、彼らはなんとかばらばらになった。スクラムの真ん中にいた最後のセイドたちは、しわくちゃになっていたものの、足の先から頭のてっぺんまで縛《しば》り上げた三人の囚人《しゅうじん》を見せようと、鼻高々だ。

ダルコスは三人の囚人を眺め、次に、自分の周囲を見回した。まるで隠《かく》しカメラでも探すように。というのも、彼らは自分たちの仲間をソーセージにしていたのだ。我らがヒーローたちは姿を消している。これではどっきりカメラではなく珍《ちん》場面集だ。

マックスは隅っこでその様子を見ながらせせら笑った。

「たいした王女様だ！」

ダルコスは、衛星打ち上げ用ロケット、アリアンのように、今にも爆発しそうだ。

「あいつらを捜《さが》し出すんだ！！！」

怒りの叫びはどこまでもとどろいた。

18

ダルコスの叫びは、三人のヒーローが逃《に》げ込んだ地下まで届いた。

「今の叫び声、聞いた？　ほんとに人間離れしてるよな！」

ベタメッシュが真っ先にコメントした。セレニア王女は、そんなことよりマックスのことが気がかりだった。

「私たちのせいでクーロたちが罰《ばっ》せられないといいんだけど」

「あの人のことなら心配ないよ」アーサーが答えた。「マックスは口のうまさにかけては一流だもの。絶対にうまく切り抜《ぬ》けるよ」

セレニアはほっとため息をついた。逃げるのは好きではないけれど、アーサーの考えは今度こそ正しいだろう。

「さあ！　時間はどんどん過ぎていく、ぼくらには果たさなければならない使命があるんだ！」アーサーはセレニアの腕《うで》を取りながら言った。セレニアはされるままになっていた。

じっとりとしたコンクリートの壁沿《かべ》いに果てしなく続く薄暗《うすぐら》い道を三人は歩いた。だいぶ長いこと歩き続けたすえに、巨大《きよだい》な鋳造板《ちゆうぞう》のような境界線にさしかかった。おそらく、昔の下水溝の覗《のぞ》き窓だろう。セレニアは穴の前に立った。体を入り込ませるのがやっという大きさだ。穴の内側は泥《どろ》だらけで、永遠に続いているように見える。

唾をごくりと飲み込んで、セレニアが言った。「ほら、ここよ」

「何がここなの？」あまり理解したくないような顔でアーサーが聞いた。

「ネクロポリスへと直接続く、一方通行の道よ。ここから未知の世界が始まるの。この悪夢の町から戻《もど》ってくることのできたミニモイはひとりもいないわ。私について来る前に、よく考えて」セレニアはそうきっぱりと告げると、果てしなき穴を覗き込んだ。

そして三人の勇士はお互《たが》いの目を見つめ合った。皆《みな》、それぞれ、これまで乗り越《こ》えてきた大冒険《だいぼうけん》のことを考えていた。アーサーは、まるでこれが最後のように、セレニアの目をじっと見つめた。

セレニアは涙《なみだ》をこらえ、無理に笑顔《えがお》をつくろうとした。アーサーにやさしい言葉をかけたい気持ちは山々なのだが、そんなことをすれば別れが一層、辛《つら》くなる。

アーサーは穴の方にゆっくりと手を伸《の》ばして言った。

「ぼくの未来はきみの未来とつながっているんだ、セレニア。ぼくの未来は、つまり、きみの未来だ」

軽い戦慄《せんりつ》が背筋を走るのを感じた王女は、許されることなら、彼の腕に飛び込んでいきたいところだった。しかし、アーサーの手に自分の手を重ねるだけで我慢《がまん》した。ベタメッシュもふたりの手のうえに自分の手を重ねた。

こうして三人は誓《ちか》いを交《か》わしあった。良い時も悪い時も、嬉《うれ》しい時も悲しい時も、幸せな時も辛い時も、最後まで三人は運命を共にすることになった。さしあたり三人が直面しているのは苛酷《かこく》な運命だけれど。

「神のご加護がありますように！」王女が厳《おごそ》かに言った。

「神のご加護がありますように！」ふたりの少年も声をそろえた。

セレニアは大きく息を吸い込むと、穴の中へと入り込んだ。ベタメッシュは鼻をつまみながら、なにも考えずに姉に続いた。まるで動く砂のように、ふたりを飲み込んでしまった穴の前で、アーサーはしばし身動きできなくなった。しかし、大きく深呼吸をすると、いざ、穴の中に滑《すべ》り込んだ。

「マルタザール、決闘《けっとう》だ！」泥と夜の闇《やみ》に飲み込まれる前にアーサーは叫《さけ》んだ。またしても、この名を口にしてしまった。今度こそ幸運が訪《おとず》れることを祈《いの》りつつ。

訳者あとがき

十歳になったばかりの少年アーサーは、街から離《はな》れた、のどかな田舎《いなか》の一軒家《いっけんや》で祖母のマミーとふたりで夏休みを過ごしている。いや、飼い犬のアルフレッドと三人だ。兄弟のいないアーサーにとって、アルフレッドは子分であり、親友であり、弟のような存在なのだ。両親は都会に出て働いているため、時々しか会えないことがアーサーにはとても寂《さび》しい。そんな彼の心の隙間《すきま》を埋《う》めてくれるのは、家の庭だ。アーサーはゲームボーイもポケモンも持っていないけれど、一秒たりとも退屈《たいくつ》することはない。物置がわりになっているガレージには魔法《まほう》の小道具がつまっている。庭はアーサーが自由自在に演出する舞台《ぶたい》であり、何よりも、いつまで遊んでいても飽《あ》きることのない遊園地のようなものだ。

アーサーにはもうひとつ、お気に入りの場所がある。家の二階にある祖父の書斎《しょさい》だ。アフリカで暮らしていた祖父は、お面や置物、古い書物をたくさん持ち帰っており、部屋はまるで美術館のようだ。しかし、肝心《かんじん》の持ち主は四年前に庭から忽然《こつぜん》と姿を消してしまった。大好きなおじいちゃんはいないけれど、アーサーはこの部屋にこっそりと入り込むたび、祖父と共に見たことのない遠い国へと素敵《すてき》な冒険《ぼうけん》旅行ができるのだ。ただし、マミーからは立ち入り禁止と言われているのだけれど。つまり他の世界をまったく知らないアーサーにとって、この家はお城であり、そこにあるものすべてが宝物だ。

ところが、その大事な空間が、意地悪で欲深い男の手に渡《わた》ってしまうかもしれない、それだけでなく、家も庭もすべて破壊《はかい》されてしまうかもしれないという恐《おそ》ろしい事実を知らされた。しかも彼の十歳の誕生日に。なんと悲惨《ひさん》な誕生日プレゼントだろう……。翌日には早速《さっそく》、街から骨董屋《こっとうや》がやって来て、祖父の書斎からアフリカの置物や書籍《しょせき》をことごとく持っていかれてしまった。お金に困ったマミーが考えついた、苦肉の策だったのだ。

マミーの悲しそうな顔は、心やさしいアーサーのちいさな胸も痛めた。正義感が強く、勇敢《ゆうかん》なアーサーは「ぼくの目の黒いうちは、この家は誰《だれ》にも渡さない！」と、何かの映画で覚えたせりふでマミーに宣言する。マミーの話では、お金さえあれば解決するという。そこでアーサーは祖父がアフリカにいる時代に仲良くしていた部族、身長二メートルの背高のっぽのボゴ・マタサライ族からもらったルビーを見つけて、それを売って家を守ろうと決意する。ところが、祖父はどうやら庭のどこかに隠《かく》したらしく、ルビーの在処《ありか》がわからない……。

アーサーはがらんとした書斎で、祖父が残したメッセージから手がかりを探《さぐ》っていく。在処を知っているのは、やはりアフリカ時代に知り合い、民族の発展のためにおおいに手助けをしてあげたミニモイ族だという。ミニモイとはその名の通り、ボゴ・マタサライ族とは逆に、身長が二ミリ程度しかないミニミニの部族だ。

ミニモイ族に会いに行かなければ！

アーサーは何度も危機《きき》一髪《いっぱつ》のところで窮地《きゅうち》を脱《だっ》しながら、なんとかミニモイの世界に入り込むことに成功。それはなんとアーサーの遊園地の真下にあった。そして、その世界に入り込んだアーサーは、百三十センチあった身長が他のミニモイたちと同じように、たったの二ミリになっていた。

おそろしくちいさくなったからだと、さらに低くなった視線で、アーサーは想像さえしていなかった世界を発見していく。祖父の書物で目にした時から、なんだか胸がどきどきして、気になってしかたがなかった女の子、ミニモイ王国の王女セレニアに会えた嬉《うれ》しさもそこそこに、三十六時間という限られた時間の中で闇《やみ》の王国の部隊セイドと戦いながら、おじいちゃんを見つけ、ルビーを探しださなければならない。アーサーは、ミニモイの部族の危機を救うために闇の王国の支配者マルタザールの息の根を止めるという使命を負ったセレニア王女と弟のベタメッシュとの三人で、地獄《じごく》への旅と呼ばれているネクロポリスへ乗りだしていく。

庭の下に別の民族が住んでる？　百三十センチの身長が二ミリに？　そんなバカな！　しかし、十歳の子供の頭の中には、そんなバカな話があふれかえっている。

十歳というのは、子供が夢と現実を混同していられる最後の年齢《ねんれい》、子供が子供でいられる黄金時代だとよく言われる。今、目の前にある世界は果てしなく広がり、しかも、それが永遠に続くように思える。不可能なことなど何ひとつない。見るもの聞くもの、すべてが新しい発見で、毎日が冒険の連続だ。学校の帰り道の、ほんのちょっとの寄り道でさえ胸をわくわくさせる大冒険で、無事に帰れた時には、少しだけおとなになったような気さえする。悲しいこと、辛《つら》いことがあっても、十歳の子供はすぐさまぽんと感情を変えられる。十歳の子供の一日は、果てしなく長い時間だ。

町一番のおおきなスーパーマーケットが宇宙ステーションに思える時代。著者、リュック・ベッソンが描《えが》きたかったのは、身長百三十センチの視線でしか捕《と》らえることのできない世界、その時にしか見えない子供の世界だ。もう少し背丈《せたけ》が伸《の》びて視界が変わってくると、そんなバカな、というひと言で片づけてしまいがちなことを、十歳の子供はきっと実現できると信じて嬉々《きき》として大冒険に臨《のぞ》んでいける。冒険の最中に得られる経験は、その後の人生において何にも代えがたい宝物になっていくはずだ。なんて素敵な、なんて豊かな年齢だろう。彼はもう一度、その世界に浸《ひた》ってみたかったという。

リュック・ベッソンは日本では『グラン・ブルー』『ニキータ』『レオン』『フィフス・エレメント』などの映画の監督《かんとく》として良く知られている。本書は彼にとって初めての小説である。

さて、命からがらの危機を乗り越《こ》え、ネクロポリスへと続く一方通行の道の入り口にたどり着いた三人の旅は、下巻にて、さらなる危険にさらされていく。

最初はばらばらだったものの、困難と失望を乗り越えていくうちに三人は結束を固めていき、ことさらアーサーは、生意気でおしゃまなセレニア王女に翻弄《ほんろう》されながらも、彼女に対する恋心《こいごころ》を募《つの》らせていく。とはいえ、アーサーには、まだ恋するということが何なのか、それさえ良くわかっていないのだが……。

アーサーの気持ちはセレニア王女に通じるのか？

探していたルビーは見つかるのか？

セレニア王女はマルタザールに復讐《ふくしゅう》できるのか？

四年前に姿を消してしまった祖父とは再会できるのか？

そして、アーサーは地上の世界に再び戻《もど》ってこられるのだろうか？

波瀾万丈《はらんばんじょう》、驚《おどろ》きに満ちた、インディ・ジョーンズ顔負けのアーサーの大冒険とファンタジーの世界、そして恋の行方《ゆくえ》をお楽しみに。

松本　百合子

『アーサーとミニモイの不思議な国（上）』は
二〇〇三年五月、小社より刊行された単行本
『アーサーとミニモイたち』を改題し、文庫化したものです。

アーサーとミニモイの
不思議《ふしぎ》な国《くに》（上）

リュック・ベッソン
松本百合子《まつもとゆりこ》＝訳

角川文庫 14776

平成十九年七月二十五日　初版発行

発行者―井上伸一郎
発行所―株式会社角川書店
東京都千代田区富士見二―十三―三
電話・編集（〇三）三二三八―八五五五
〒一〇二―八〇七八
発売元―株式会社角川グループパブリッシング
東京都千代田区富士見二―十三―三
電話・営業（〇三）三二三八―八五二一
〒一〇二―八一七七
http://www.kadokawa.co.jp
印刷所―旭印刷　製本所―BBC
装幀者―杉浦康平

落丁・乱丁本は角川グループ受注センター読者係にお送りください。送料は小社負担でお取り替えいたします。

定価はカバーに明記してあります。

Printed in Japan

ヘ 13-1

ISBN978-4-04-291403-7　C0197